南 英男

密告者 雇われ刑事

実業之日本社

実業之日本社文庫

目次

密告者　雇われ刑事

プロローグ

男は受付を黙殺した。

素通りして、奥のエレベーター乗り場に向かう。大股だった。

和服姿だ。単衣《ひとえ》の大島紬《おおしまつむぎ》を身につけている。中肉中背だった。歩《ほ》を運ぶたびに、裾が翻《ひるがえ》る。四十代の後半だろうか。

野武士を想《おも》わせる風貌だ。もう若くないが、動作はきびきびとしている。

丸《まる》の内《うち》にある『東都地所《とうとじしょ》』の一階ロビーだ。大手不動産会社の本社ビルである。十八階建てだった。二〇二四年六月上旬のある日の午下《ひる》がりだ。

「お客さま、どちらに行かれるのでしょう?」

若い受付嬢が来訪者を呼び止め、穏《おだ》やかに問いかけた。和服を着た男は小さく振り返ったが、足は止めなかった。

「一応、受付を通していただきませんと、困ります」

「最上階の社長室に行く」

「社長の里見《さとみ》とのアポはお取りなのですね？」

「ああ」

「失礼ですが、お名前を教えていただけますでしょうか。内線電話で確認を取らせてほしいのです」

「余計なことをすると、怪我人が出るぞ」

「どういうことなのでしょう？」

受付嬢が小首を傾《かし》げた。着流しの男は、無言でエレベーターの函《ケージ》に乗り込んだ。

エレベーターが上昇しはじめる。

最上階のエレベーターホールには、三十二、三歳の聡明《そうめい》そうな女性が待ち受けていた。

「わたくし、社長秘書の平林《ひらばやし》と申します。お客さまは受付を素通りなさったそうですね。素姓《すじょう》を明かしていただけなければ、社長室にお通しするわけにはいきません」

「おまえ、死にたいのかっ」

「はあ？」

「下がれ！」

男は袂《たもと》から暗緑色の手榴弾《しゅりゅうだん》を摑《つか》み出し、ピンリングに右手の人差し指を掛けた。社長秘書が身を竦《すく》ませる。細面の顔は蒼《あお》ざめていた。

「里見に会わせろ。案内に立てっ」

男は声を張った。平林と名乗った女性が、怯《おび》えた表情で社長室のドアを開ける。

社長室は広かった。優に五十畳ほどのスペースはあるだろう。出入口寄りに十人掛けのソファセットが置かれ、社長の執務机は奥まった場所に据《す》えられている。

男は社長の席に向かった。

里見陽太郎《ようたろう》社長は、机に向かって書類に目を通していた。銀髪で、紳士然としている。

六十八歳だが、まだ若々しい。

「誰なんだね、きみは？」

「………」

男は無言だった。二人は睨《にら》み合った。火花が散る。

「おい、握ってるのは手榴弾なんじゃないのか⁉」

里見が目を剝《む》いて、椅子から腰を浮かせる。

「爆死したくなかったら、この会社の売り物件を購入した金持ちの中国人たちの顧客リストを出せ！　日本のビルやマンションを買った連中が大勢いるだろうがっ」

「そ、それは……」

「きさまらは売国奴だ。中国の富裕層に日本の土地や建物を平気で売り渡してるんだからな。儲《もう》かれば、それでいいのかっ。大和《やまと》民族の誇りを忘れてる。恥を知れ！」

「いまはグローバルな時代ですよ」

「黙れ！　愛国心を棄《す》てた日本人は裏切り者だ。生きる価値もない。同胞として天誅《てんちゅう》を下《くだ》したいよ」

「あなたは民族主義者なんですね」

「その通りだ。わたしはな、中国の横暴ぶりに腹を立ててる。それから、中国人たちに日本の不動産や水利権を売ってる奴らも赦《ゆる》せんな。早くリストを渡さないと、手榴弾を炸裂《さくれつ》させるぞ」

「お、落ち着いてください。警察や警備会社には通報しませんので、冷静に話し合いましょうよ」

「話し合っても無駄だ。ビルやマンションを取得した中国人たちのリストを早く持って来させろ！」

「わかりました」

　里見社長は脅迫に屈《くっ》し、机上の内線電話の受話器を取り上げた。営業担当の役員に早口で指示を与える。受話器をフックに戻した社長が侵入者を見据えた。

「あなたは、中国人のお客さまの物件を強引に買い戻す気なのですね。そうなんでしょう？」

「その質問にはノーコメントだ」

男は素っ気なく応じた。社長室は重苦しい空気に包まれた。

営業担当の役員が社長室にやってきたのは数分後だった。五十代後半の小太りの男だ。社名とロゴ入りの白い封筒を手にしている。

和服姿の侵入者は、受け取った封筒の中身を確かめた。中国人顧客リストは分厚かった。男は舌打ちしてリストを封筒に収めると、黙って社長室を出た。社長と役員は突っ立ったままだった。

男は函《ケージ》の中で手榴弾を袂の中に戻し、何事もなかったような顔で一階ロビーから表に出た。受付嬢は茫然《ぼうぜん》としていた。何か悪い夢でも見たような顔つきだった。

男は『東都地所』の近くでタクシーを拾い、次に東《ひがし》銀座《ぎんざ》にある『明正《めいせい》ビルファンド』の本社ビルに向かった。同社は、不動産投資信託（REIT《リート》）の最大手だ。

『明正ビルファンド』は、経営不振に陥《おちい》った大手電機メーカーなどが手放した都心のビルを次々に手に入れていた。十数年前からリート市場に国内外の投資マネーが流れ込んでいる。

ファンド会社はどこも投資家たちから集めた金で六大都市のビルやマンションを購入し、賃料による収益を出資者に還元している。ハイリターンだった。中国の富裕層たちが挙《こぞ》って投資していた。

タクシーは十五分そこそこで、『明正ビルファンド』に着いた。

着流しの男は、さきほどと同じ手口で社長室に押し入って中国人投資家たちの顧客名簿を奪った。臆病《おくびょう》な社長は終始、身をわななかせていた。

「領土を不当に占有したがってる国の奴らに甘い汁なんか吸わせるんじゃない。金銭よりもプライドのほうが大事なんだ。わかったなっ」

男は言い捨て、悠然と社長室を後《あと》にした。

第一章　敏腕記者の死

1

デザートを平らげた。マンゴーのシャーベットだった。津坂達也《つさかたつや》は西麻布《にしあざぶ》のレストランで、交際中の羽鳥友《はとりゆ》香梨《かり》と向かい合っていた。奥のテーブル席だ。午後九時過ぎだった。

「おれ、こういう気取った店は苦手だな。しかし、いつも居酒屋でデートじゃ、冴《さ》えないから……」

「大人が寛《くつろ》げる居酒屋なら、わたし、大好きよ。この店の裏手に肴《さかな》のおいしい店があるの。その居酒屋で、飲み直す？」

「いいね」

「それじゃ、そうしよう」

友香梨がほほえんだ。匂うような微笑だった。恋人は三十二歳だが、まだ瑞々《みずみず》しい。白い肌には張りがあった。

三十八歳の津坂は元刑事である。東京育ちの彼は都内の中堅私大を卒業すると、警視庁採用の一般警察官になった。いわゆるノンキャリアだ。

津坂は子供のころから、正義感が強かった。

といっても、別に使命感に駆られて警察官になったわけではない。平凡な勤め人になりたくなかっただけだ。妙な気負いはなかった。

津坂は警察学校を出ると、交番勤務を拝命した。

幸運にも一年後には刑事に昇任されて、所轄署刑事課に異動になった。前例のない栄転だった。交番詰め時代に凶悪犯罪の加害者を四人も逮捕したことが高く評価され、刑事に昇任されたようだ。津坂は制服が苦手だった。私服で通せる刑事になれたことを素直に喜んだ。

数年ごとに所轄署を渡り歩き、三十一歳のときに本庁捜査一課強行犯《きょうこうはん》係に任命された。それ以来、一貫して殺人犯捜査に携《たずさ》わってきた。

津坂は現場捜査が好きだった。停年まで刑事でいたいと願っていた。ところが、二年四カ月前に依願退職せざるを得なくなった。

その日、津坂はある強盗殺人事件の容疑者宅を地元署刑事とともに張り込んでいた。被疑者には前科歴があって、警察の動きには敏感だった。津坂たちコンビは張り込みを看破《かんぱ》されてしまった。

被疑者はたまたま自宅を訪れた自動車のセールスマンを人質に取り、逃亡を図った。首筋に庖丁《ほうちょう》の切っ先を突きつけられたセールスマンは、すっかり怯《おび》えてしまった。早く保護してやりたかった。津坂は相棒刑事と一緒に人質を楯《たて》にした容疑者に迫った。

犯人は焦《あせ》ったようで、自ら袋小路に入り込んだ。当然、逃げ場はなかった。被疑者は絶望的な気持ちになったらしく、急にセールスマンの胸部を刃物で貫《つらぬ》いた。さらに引き抜いた庖丁で、自分の頸動脈《けいどうみゃく》も切断しかけた。

津坂は被疑者に組みつき、犯人の身柄を確保した。人質はすでに絶命していた。犯行は一瞬の出来事だった。不可抗力だったと言えよう。

だが、津坂は自責の念にさいなまれた。

人質を守り抜けなかったことで、依願退職する決意を固めた。上司や同僚たちに強く慰留《いりゅう》されたが、津坂は自分なりにけじめをつけたかった。そうしなければ、リセットできない気がした。

退職した翌々月、津坂はバーの経営者になった。店名は『クロス』だ。赤坂《あかさか》のみすじ通りに面した飲食店ビルの三階にある。カウンターとボックス席が二つあるだけの小さな酒場だった。

津坂は大学生のとき、銀座のカウンターバーでアルバイトをしていた。二年半あまり働いた。シェーカーを振り、オードブルの用意もできる。そんなことで、酒場のマスターになったわけだ。

場所柄、店はそれなりに繁昌《はんじょう》している。オープン当時から、一度も赤字になった月はない。従業員は、母方の従弟《いとこ》の森下隆太《もりしたりゅうた》ひとりだ。三十一歳である。

従弟はスタジオ・ミュージシャンだったのだが、音楽業界の衰退に伴《ともな》ってギタリストでは生計を立てられなくなった。津坂は見かねて、隆太をバーテンダー見習いとして雇った。ちょうど人手不足でもあった。だから、従弟に恩義を着せる気はない。

隆太は手先が器用だった。仕事の覚えも早かった。いまでは従弟の作るカクテルの数のほうが多い。料理のレパートリーも増えて、客の評判は上々だ。

煙草《たばこ》が短くなった。津坂は喫《す》いさしのセブンスターの火を灰皿の底で揉《も》み消し、友香梨に目で笑いかけた。このレストランは、珍しいことに禁煙店ではない。愛煙家としてはありがたいことだ。

友香梨は多摩中央署《たまちゅうおう》の副署長である。名門私大出身の警察官僚《キャリア》だ。約二十九万七千人の警察組織を支配しているのは、およそ六百人のキャリアと言っても過言ではないだろう。友香梨はエリートだが、少しも高慢ではない。きわめて謙虚で、思い遣《や》りもあった。くだけた美女だ。色香もある。

かつて友香梨は、警察庁から警視庁捜査二課知能犯係に出向《しゅっこう》していた。大口詐欺に絡む殺人事件の合同捜査に当たったことがきっかけで、二人は親しくなったのだ。

友香梨は、一年八カ月前に多摩中央署の要職に就《つ》いた。栄転である。警察は、まだまだ男社会だ。警視庁管内百二の所轄署の署長と副署長の九十八パーセント以上が男性である。

友香梨のバッグの中で、刑事用携帯電話《ポリスモード》が鳴った。美人副署長が目顔《めがお》で断り、バッグからポリスモードを摑《つか》み出した。官給品だ。部下からの連絡だろう。

津坂は残りのワインを飲み干した。

友香梨の通話は、それほど長くなかった。

「管内で凶悪事件が発生したのか？」

津坂は小声で訊《き》いた。

「女性ばかりを狙った連続引ったくり事件があったらしいの」

「バイクを使った犯行《ヤマ》なのかな」

「そうなんだって。逃亡中の二人組は、未成年だったという報告だったわ」

「署に戻らなきゃならないのか？」

「ううん、大丈夫よ。引ったくり事件とは関係ないんだけど、きょうの午後二時過ぎに国粋主義者と思われる和服姿の中年男が丸の内の『東都地所』と東銀座の『明正ビルファンド』の社長室に押し入ったらしいの」

「二人の社長は危害を加えられたのかい？」

「ううん、怪我はさせられなかったみたいよ。社長室に押し入った男は手榴弾で威嚇《いかく》して、日本の不動産を買ったり、ファンド会社に投資してる中国人富裕層のリストを奪って悠然と立ち去ったそうなの」

「そう。経済的な発展を遂げた中国は領土問題で強硬姿勢を崩さないし、リッチな連中は日本の不動産を買い漁《あさ》ってる。それから、天然水ビジネスにも乗り出したよな」

「ええ、そうね」

「そうしたことを苦々《にがにが》しく思ってる日本人は少なくないだろう。ことに右寄りの連中は、中国や中国人に対して嫌悪感を露《あらわ》にしてる」

「中国に進出した日本企業の工場や大型スーパーなんかが破壊されたし、レアメタルの輸出量を極端に減らしたんで、日中関係は悪化したままよね」

「そうだな。中国通の学者やジャーナリストによると、中国共産党が人民の国家批判を躱《かわ》したくて反日ムードを煽《あお》ってるらしい。中国のインテリ層は、国家の非民主的な政策に呆《あき》れてるだろうな」

「そうでしょうね。好景気のころは日本企業や投資家たちがアメリカの不動産を取得してたわけだから、この国の土地や建物を所有した中国人の悪口は言いにくいけど、国民感情としては面白くないわ」

「同感だな。『東都地所』と『明正ビルファンド』に押し入った男は、リッチな中国人たちを皆殺しにする気なんだろうか」

「領土を巡って腹立たしいことをしてるからって、そこまで過激な民族主義者はいないんじゃない？」

友香梨が言って、卓上の伝票に目をやった。

津坂は先に伝票を抓《つま》み上げ、腰を浮かせた。友香梨が倣《なら》う。

ほどなく二人はレストランを出た。間もなく梅雨入りするだろうが、きょうは好天だった。頭上には、無数の星が瞬《またた》いている。

「次の居酒屋では、わたしに勘定を払わせてね」

友香梨が言って、さりげなく腕を絡めてきた。彼女は副署長官舎に住んでいるが、週に一度は神宮前《じんぐうまえ》四丁目にある津坂のマンションに泊まっていた。今夜も、その予定だった。

津坂たちは裏通りに足を踏み入れた。

「達也さん、ちゃんと実家に顔を出してる?」

「正月に行ったきりだな」

「駄目よ。目黒《めぐろ》区中根《なかね》一丁目に実家があるんだから、ちょくちょくお母さんに顔を見せに行かなきゃ……」

「そうだな」

津坂は曖昧《あいまい》な返事をした。長男である自分が実家に寄りつかないことを、母は寂しく感じているにちがいない。親不孝だとは思うが、父親と顔を合わせるのは気が重かった。教育者だった父は唯我独尊《ゆいがどくそん》タイプで、何かにつけて家族を従わせたがった。津坂は、そうした父親を子供のころから疎《うと》ましく感じていた。反抗し通しだった。

父は、息子が医者になることを望んでいた。津坂は父親の期待をことごとく裏切り、警察官になった。失望した父は、自分と同じ道に進んだ姉に期待を抱くようになった。

優等生タイプの姉は仕事にいそしみ、四十二歳で公立中学校の教頭になった。まずまずの出世だろう。

両親は、姉夫婦と同居している。義兄は高校の化学教諭だ。堅物《かたぶつ》で、津坂とは反《そ》りが合わない。

「あっ！」

突然、友香梨が前方を指さした。

津坂は目を凝《こ》らした。二つの人影が路上で縺《もつ》れ合っている。男と男だった。暗くて顔かたちは判然としない。

「きみはここにいるんだ」

津坂は恋人に言い置き、勢いよく走りだした。

ちょうどそのとき、黒ずくめの男が相手から離れた。その手には、ナイフが握られている。刃渡りは十五、六センチだった。

手前にいる男が呻《うめ》きながら、膝《ひざ》から崩れた。胸部を手で押さえている。刃物を持った男が体を反転させた。どうやら逃げる気らしい。

「救急車を呼んでくれないか」

津坂は友香梨に指示すると、犯人を追いかけた。

黒ずくめの男は脇道に走り入り、さらに路《みち》を折れた。逃げ足がおそろしく速《はや》い。

津坂は全速力で疾駆《しっく》した。前髪が逆立《さかだ》ち、衣服が体に吸いつく。しかし、距離はそれほど縮《ちぢ》まらない。

やがて、相手を見失ってしまった。

津坂は片膝を落とし、路面に片耳を近づけた。足音は聞こえなかった。逃げた男は、どこかに身を潜《ひそ》めているようだ。

津坂は闇を透《す》かして見た。

だが、息を詰めている人影は見当たらない。津坂は付近一帯を巡ってみた。

しかし、加害者の姿は目に留《と》まらなかった。黒ずくめの男は足音を殺しながら、遠ざかったようだ。

津坂は事件現場に駆け戻った。

友香梨が路上に横たわっている被害者の右手首を取り、大声で呼びかけている。だが、まるで反応がない。心臓部のあたりが鮮血に染まった男は、微動だにしなかった。

「脈動は感じ取れないわ。倒れた直後に息絶えたんじゃないのかしら」

「そうなのかもしれないな。救急車を呼んでくれた？」

津坂は確かめた。

「ええ。事件通報もしたわ。達也さん、加害者は？」

「残念ながら、逃げられてしまった」

「そうなの。仕方ないわよね」

友香梨が立ち上がった。

津坂は屈《かが》み込んで、被害者を仔細《しさい》に観察した。ライトグレイの背広を着込み、きちんとネクタイを結んでいる。ワイシャツは白だった。

「サラリーマン風ね。三十五、六歳なんじゃないかな」

「そんなとこだろう。少し先に黒いビジネスバッグが落ちてるが、金品を奪われた様子はうかがえないな」

「ええ、そうみたいね。怨恨《えんこん》による犯行っぽいな」

「そうなんだろうか」

会話が途切《とぎ》れた。

それから間もなく、二台のパトカーが到着した。麻布署の地域課員たちが次々に降り、走り寄ってくる。事件通報者の友香梨が警察官であることを明かす。四人の制服警官は友香梨がキャリアと知ると、一様《いちよう》に緊張した面持《おもも》ちになった。

「連れは、かつて本庁捜一の殺人犯捜査係だったの」

友香梨が誰にともなく言って、かたわらの津坂を顧《かえり》みた。津坂は会釈《えしゃく》し、姓だけを名乗った。

口を閉じたとき、救急車と本庁機動捜査隊の覆面パトカーが臨場した。少し遅れて灰色の鑑識車もやってきた。

若い地域課巡査が手早く規制線の黄色いテープを張り、集まりはじめた野次馬を遠のかせた。青い制服に身を包んだ鑑識課員たちが遺留品の有無《うむ》を確認してから、遺体の周《まわ》りに足跡採取シートを拡《ひろ》げた。ルミノール反応検査も行われた。

鑑識作業が終わると、初動班の面々が亡骸《なきがら》を覗き込みはじめた。

駆けつけたばかりの麻布署刑事課強行犯係の捜査員たちも遺体に目を向けた。捜査員たちの半数は顔見知りだった。

被害者の死亡を確認した救急隊員たちは、間もなく現場を離脱した。友香梨と津坂は当然ながら、事情聴取に協力を惜《お》しまなかった。二人とも、ありのままを伝えた。

初動班は、被害者の持ち物から身許《みもと》を判明させた。長沢圭太《ながさわけいた》という名で、三十五歳だった。勤め先は『日新損保《にっしん》』という大手損害保険会社で、顧客調査課に所属していた。

「ビジネスバッグの中身から推測して、被害者《マルガイ》は損害保険詐欺《さぎ》の疑いのある案件を調査してたようだね」

初動班主任が津坂に言った。

「結婚してるのかな？」

「いや、まだ独身だね。自宅は中野区野方《なかののがた》の賃貸マンションだな」

「妻子がいたら、遺族は途方に暮れただろう」

「そうだろうね」

「初動捜査で犯人を検挙《アゲ》てほしいな」

「それが望ましいが、わずか数日でスピード解決は難しいよ。いずれ麻布署に捜査本部《チョウバ》が立つだろう」

「そう言わずに頑張ってください」

友香梨が主任に言って、津坂に目配せした。津坂は無言で顎《あご》を引いた。

二人は肩を並べて歩きだした。

「居酒屋に行くのは今度にして、おれの店で飲まないか」

津坂は誘った。友香梨は反対しなかった。

二人は表通りまで歩き、タクシーを拾った。赤坂に向かう。十数分で、みすじ通りに達した。

『クロス』に入ると、満席だった。まさか客を追い出すわけにはいかない。津坂は、同じビルの二階にある小料理屋で時間を潰《つぶ》す気になった。

踵《きびす》を返しかけると、カウンターから従弟の森下隆太が出てきた。

「羽鳥さん、満席でごめんなさい」

「ううん、気にしないで。商売繁昌で結構なことじゃないの」

「ええ、まあ。きょうはデートだったんでしょ？」

「そうなの」

「なら、神宮前のマンションで差し向かいで飲んだら？」

「隆太ひとりで切り盛りするのは大変だろうが？　後《あと》で戻ってくる」

津坂は従弟に言った。

「今夜は、おれひとりに任せてください。二人で甘い一刻《ひととき》を過ごしてくださいよ」

「いいのか？　それじゃ、お言葉に甘えるか」

「ええ、そうしてください」

隆太が笑顔を返してきた。

友香梨はしきりに済まながったが、早く津坂と二人っきりになりたがっている様子だった。津坂は友香梨を促《うなが》し、店を出た。

二人は外堀《そとぼり》通りまで歩き、タクシーに乗り込んだ。自宅マンションまでの所要時間は十五分足らずだった。

津坂の部屋は１ＬＤＫだが、専有面積は割に広い。ゆったりとした造りだった。

二人は居間のソファに坐《すわ》って、ワインのグラスを重ねた。午後十時半になると、ごく自然に友香梨が浴室に向かった。津坂もシャワーを使ってから、寝室に入った。

二人は、いつものように肌を貪《むさぼ》り合った。

友香梨は大胆に痴態《ちたい》を晒《さら》し、三度も極みに達した。津坂は、友香梨の三度目のエクスタシーに合わせて放った。射精感は鋭かった。ほんの一瞬だったが、脳天が甘く痺《しび》れた。

二人は余韻《よいん》を味わってから、静かに結合を解《と》いた。

津坂は、いつものように腹這《ば》いになって煙草《たばこ》に火を点けた。情事の後の一服は格別にうまい。紫煙をくゆらせていると、友香梨が浴室に向かった。

セブンスターの火を消したとき、ナイトテーブルの上に置いたスマートフォンが着信音を発した。副業の依頼だろうか。

津坂はだいぶ前から酒場経営のかたわら、探偵めいたことをしていた。ある法律事務所の依頼で失踪人捜しを引き受けたことがサイドビジネスをはじめるきっかけだった。

口《くち》コミで民間企業や各界の著名人から、さまざまな依頼が舞い込むようになった。その大半は、脅迫者や公金拐《かい》帯《たい》犯捜しだった。副収入には波があったが、これまでに千五、六百万円は稼いだ。

その副業のことは友香梨だけではなく、従弟や親しい友人も知っている。だが、津坂には誰にも秘密にしていることがあった。実は、非公式に極秘捜査を請け負《うお》っていた。依頼人は、警視庁の刑事部長である半田恒平《はんだこうへい》警視長だ。

半田刑事部長は民間人になった津坂の捜査能力を惜《お》しんで警視総監の特別許可を得て、彼に隠れ捜査を依頼してきたのである。捜査権はないが、いうなれば雇われ刑事だ。

津坂は難航中の捜査本部事件を水面下で六件ほど解決し、そのたびに二百万円の成功報酬を受け取っていた。領収証は一度も求められなかった。つまり、税務署に申告しなくてもいい臨時収入を得ていることになる。

津坂はスマートフォンを摑み上げた。

ディスプレイに目を落とす。発信者は半田だった。津坂はスマートフォンを顔の高さまで上げた。スピーカーに設定してあった。

「お待たせしました」

「夜分に悪いね。また、きみに隠れ捜査をしてほしいんだ。都合はつくかな」

「ええ、大丈夫です」

「それでは、明日の午後三時に『クロス』にお邪魔しよう。その時間帯なら、きみの従弟はまだ店に入ってないね」

「はい。今度は、どんな事件《ヤマ》なんです？」

「詳しいことは会ったときに話すよ。鑑識写真を含めた捜査資料は持っていく」

「わかりました」

「では、明日……」

刑事部長の声が途絶《とだ》えた。津坂はスマートフォンを口許から離した。

2

約束の時刻が近づいた。

あと数分で、午後三時になる。津坂は『クロス』のカウンターの中に立っていた。コーヒーが沸《わ》きかけている。店内には自分しかいない。

店のドアが開けられた。

半田刑事部長が片手を挙げ、カウンターに歩み寄ってきた。茶系のスーツに身を包んでいる。まだ五十三歳だが、豊かな髪は半白だ。

「ボックス席のほうがいいですか？」

津坂は先に口を開いた。半田が首を横に振り、スツールに腰かけた。ビジネスバッグは隣のスツールの上に置かれた。

津坂は二つのマグカップにコーヒーを注いだ。片方のマグカップを刑事部長の前に置く。

「気を遣《つか》ってもらって悪いね。コーヒーもいただくが、きみがシェーカーを振る姿を見たくなったな」

「何かカクテルを作りましょうか」

「フィリップ・マーロウを気取るわけじゃないが、久しぶりにギムレットを飲みたくなったな。レイモンド・チャンドラーのハードボイルド小説を愛読してた若い時分には、よくギムレットを傾けてたんだ」

「そうですか」

「確かイギリス人軍医のギムレットが十九世紀末に創作したカクテルだよな、海軍将校たちの健康を考慮して」

「なかなかの通ですね。驚きました」

「受け売りだよ」

半田が照れた。

津坂は酒棚から、ドライジンの壜《ボトル》を摑み上げた。シェーカーに氷を落とし、ドライジンを四十五ミリリットルほど注ぐ。十五ミリのライムジュースを加えて、リズミカルにシェイクした。

それで、ギムレットの出来上がりだ。津坂はシェーカーの蓋《ふた》を開け、カクテルグラスに液体だけを注いだ。

「堂に入ったものじゃないか」

「大学生のころ、銀座のカウンターバーでバイトをやっていましたんで。一般的にはシェーカーと呼ばれていますが、バーテンダーたちはタンブラーと呼んでました」

「そのことは知らなかったな。早速、いただくよ」

刑事部長はカクテルグラスを持ち上げ、ギムレットを口に含んだ。

「お味はどうです?」

「うまいよ。懐かしいな。通を気取りたいときは、どんなカクテルを選べばいいんだい?」

「ワインベースのアドニスなんかは、ちょっと洒落《しゃれ》てますね。ドライシェリー、ベルモット、オレンジビターをステアしたカクテルなんですよ。アドニスは、ギリシャ神話に登場する好男子です」

「そういうカクテルは頼みにくいな」

「かもしれませんね。ウイスキーをベースにしたアドミラルなんかどうでしょう？　バーボン・ウイスキー、ドライベルモット、レモンジュースをシェイクするんです」

「そう」

「文豪ヘミングウェイ考案のカクテルもありますよ。ペルノというリキュールを適量のシャンパンで割ったカクテルで、その名もヘミングウェイです。文豪自身は、このカクテルを〝午後の死〟と呼んでたそうです。横文字では、デス・イン・ジ・アフタヌーンだったかな」

「勉強させてもらったよ」

「話を脱線させてしまいました。本題に入ってもらいましょうか」

津坂は促《うなが》して、コーヒーをブラックで啜《すす》った。半田がビジネスバッグからファイルを取り出した。

「去る五月八日の夜、渋谷《しぶや》署管内でスクープ月刊誌の敏腕記者が延髄《えんずい》に特殊針を突き立てられたんだが、きみは憶《おぼ》えてるかな」

「ええ。被害者の名前はうろ覚えですが、確か『真相ジャーナル』の記者でしたよね？」

「そう。殺害されたのは新谷健吾《しんたにけんご》、三十七歳だ。『真相ジャーナル』は社会のさまざまなタブーに挑んでることで、硬派の告発月刊誌としてジャーナリズム界で高く評価されてる」

「そのことは知っています。公称部数は六万ですが、広告は一切《いっさい》載せてないんでしたよね？」

「そう。購読料だけでは十年以上も発行しつづけることはできないはずだ。発行人は元事業家なんで、私財をなげうって『真相ジャーナル』を出しつづけてきたんだろうな」

「そうでしょうね。発行人は岩崎《いわさき》とかいう名だったと思いますが……」

「岩崎正隆《まさたか》、六十八歳だよ。『真相ジャーナル』の発行人の実父は戦前に鉱石の輸入で財を築き、戦後も手広く事業をやって大変な資産家になったんだ。岩崎正隆は父が創業した企業グループの経営を引き継いだんだが、弟にすべての要職を譲って十数年前に『真相ジャーナル』を創刊したんだよ」

「創刊以来、経営はずっと赤字だったんじゃないかな。広告収入のない雑誌なわけですからね」

「そうだったんだろう。岩崎社長は亡父の遺産を取り崩しながら、スクープ月刊誌を出しつづけてきたようだな。だいぶ不動産を手放し、持ち株も実弟に買い取ってもらったみたいだよ」

「そうでしょうね」

津坂は、またコーヒーを口に含んだ。

「広告を載せれば、赤字は補《おぎな》えるだろう。しかし、ヒモ付きになったら、社会の暗部を抉《えぐ》ることは難しくなる。場合によっては、広告主に矢を向けることになるだろうからな」

「ええ、そうですね。社会の腐敗ぶりやタブーに挑むには、スポンサーなしじゃないと不可能だと思います」

「だろうね。『真相ジャーナル』をお坊ちゃんの道楽雑誌だと見てる向きもあるようだが、青っぽさを持ちつづけてることは立派だよ。親の遺産があったから可能だったとはいえ、あえてドン・キホーテみたいな道を選んだんだから」

半田刑事部長がギムレットを飲み干し、マグカップを手前に引き寄せた。

「詳しいことはわかりませんが、『真相ジャーナル』の編集長は以前、毎朝日報《まいちょうにっぽう》社会部のデスクだったんでしょ？」

「そうなんだ。編集長の神尾道広《かみおみちひろ》、四十八歳も硬骨漢だよ。大新聞社にいれば、何かとメリットがあるだろう。しかし、広告収入を当てにしてる全国紙やテレビには触《ふ》れてはならない領域がある。それでは、公正な報道なんかできっこない。神尾編集長はそう考えてたんで、岩崎の引き抜きに二つ返事で快諾《かいだく》したそうだ」

「発行人と編集長はあえてタブーの領域に踏み込んだんですから、取材を妨害されたり、いろんな厭《いや》がらせもされたんじゃないのかな」

「そうだろうね。過去に巨大教団、反社会的勢力、国会議員、興行プロモーター、原発関係者、食肉業界、ゼネコン、過激派、利権右翼などから圧力をかけられ、編集部に動物の生首や銃弾が送りつけられたこともあったそうだよ。それから、発行人と編集長は無灯火の車に轢《ひ》かれそうになったこともあったらしい。駅のホームや歩道橋の階段から突き落とされかけたこともあるみたいだね」

「五月八日に殺《や》られた新谷も、硬骨なジャーナリストだったんでしょ？」

「そう。新谷健吾は大学卒業後、大手出版社に入って総合月刊誌の編集者をやってたんだよ。しかし、広告出稿企業に気がねしてテーマにできない企画もあったんだろうな。制約がある報道に苛立《いらだ》ってるころに、神尾編集長に『真相ジャーナル』に来ないかと誘われたので……」

「被害者は大手出版社を辞めて、転職したわけですか」

「そうなんだ。新谷は水を得た魚《うお》のように活《い》き活きと働いてたそうだよ。しかし、無念な亡くなり方をしてしまった。まだ独身だったんで、妻子を路頭に迷わすことはないんだが、親族は悲しみにくれてるらしい。津坂君、ざっと初動と捜査本部の第一期捜査の資料に目を通してくれないか」

「わかりました」

津坂はファイルを受け取り、フロント頁《ページ》に挟んであった十数葉の鑑識写真を手に取った。

被害者の死顔は穏《おだ》やかだった。まるで眠っているようで、苦悶《くもん》の色は見られない。だが、首筋には血の条《すじ》が這《は》っている。着衣は特に乱れていない。

加害者は新谷の背後に忍び寄り、いきなり延髄に畳針状の特殊針を沈めて絶命させたのだろう。手口から察して、犯罪のプロの仕業《しわざ》臭い。あるいは、そうした者から殺しのテクニックを伝授された犯人が犯行に及んだのか。

津坂は事件調書を読んだ。

事件現場は渋谷区鉢山町《はちやまちょう》の裏通りだった。閑静な住宅街の脇道で、被害者は刺殺されていた。事件通報者は、近くに住む会社役員だった。通報者が声をかけたとき、すでに新谷は息絶えていた。

初動捜査で、現場に凶器は遺《のこ》されていないことが判明した。犯人の遺留品と特定できる物は何も見つかっていない。指紋や掌紋も採《と》れなかった。加害者のものと判じられる足跡もない。

犯行の目撃証言はおろか、被害者の悲鳴や呻き声さえ聞いた住民はいなかった。要するに、これといった手がかりはないわけだ。金品は盗まれていなかった。

捜査資料には、司法解剖所見の写しも綴《とじ》られていた。

司法解剖は東京都監察医務院で行われた。死因は出血性ショック死だった。死亡推定時刻は五月八日の午後九時四十分から同十一時半とされたが、事件通報者は当夜の十時五十分過ぎに一一〇番している。被害者は、それ以前に死んでいるはずだ。

「初動捜査では特に進展がなかったんで、渋谷署の要請で捜査本部が設置された。そして、本庁《うち》の捜一《そういち》の殺人犯捜査四係の連中が出張《でば》ったんだよ。しかし、第一期の一カ月が経過しても容疑者の割り出しはできなかった。七係の面々を追加投入したんだが、心許ないんで、津坂君に地下捜査をしてもらうことにしたんだ。むろん、このことは総監もご存じだよ」

「そうですか」

「被害者《マルガイ》の新谷記者は『真相ジャーナル』の先々月号で、ある電熱器メーカーが放火殺人を仕組んだ疑惑があると告発したんだ。そのあたりの関係調書はもう読んだかな？」

半田が問いかけてきた。

「いいえ、まだです」

「それなら、急いで目を通してくれないか」

「はい」

津坂は捜査資料を速読した。

中堅電熱器メーカーの『京和電工《きょうわでんこう》』はライバル会社の旧型パネルヒーターを使っていた高齢者グループホームに放火し、三人の入所者を焼死させた疑いがある。新谷記者はそう睨《にら》み、関係者たちに会って取材を重ねた。

その結果、敏腕記者は『京和電工』とグループホーム経営者が共謀して〝パネルヒーターの漏電《ろうでん》による出火〟を仕組んだという心証を得た。それで、そのことを『真相ジャーナル』の先々月号で記事にした。

新谷記者は『京和電工』が数年前に消費者団体に欠陥製品を指摘されてから急激に業績が落ち込んだ事実だけではなく、グループホーム経営者が別の事業でしくじって億単位の負債を抱えていたことにも触れている。そうしたことを踏まえて、双方が共謀した可能性があると記述していた。

ライバル会社のパネルヒーターが火を噴《ふ》いたことにすれば、『京和電工』の電熱器は以前のように売れるようになるだろう。穿《うが》った見方をすれば、『京和電工』はなんとなく怪しい。

グループホーム経営者は、火災が発生した翌日に早くも八千万円の火災保険金を損保会社に請求している。入所者が三人も亡くなったばかりなのに、無神経すぎるのではないか。

新谷がグループホーム経営者を怪しんだ根拠はあるわけだ。だが、被害者の記者は告発記事で双方が共謀して火事を仕組んだとは断定していない。告訴されることを避けたのだろう。

しかし、犯行説を言外に匂わせているのは間違いない。半《なか》ば犯罪者扱いされた『京和電工』とグループホーム経営者が告発記事を書いた新谷を快く思っていなかったのは当然だろう。

だからといって、どちらかが第三者に新谷を始末させる気になるだろうか。常識を物差しにすれば、それは考えにくい。ただ、新谷が何か決定的な証拠を押さえていたとしたら、『京和電工』もグループホーム経営者も疑わしくなってくる。

津坂は捜査資料から顔を上げ、マグカップを傾けた。

「事件調書を読み終えたようだな。捜査本部は『京和電工』の坪内秀明《つぼうちひであき》社長、六十四歳とグループホーム経営者の川戸《かわど》繁《しげる》、五十九歳の二人が漏電による火災を仕組んだ疑いは拭えないと判断して、二人が相談の上、ネットの裏サイトで実行犯を見つけたのではないかと筋を読んだんだよ」

「そういうことなら、捜査本部のメンバーは坪内と川戸の二人を徹底的にマークしたんでしょうね」

「その通りだよ。捜査班の面々は相棒を代えながら、坪内と川戸に張りつきつづけたんだ。しかし、二人がどこかで接触することはなかった」

「そうなんですか」

「どちらもシロなんだろうか。わたしは先々月号の例の告発記事は読んでいないんだが、新谷記者の文章に目を通した担当管理官によると、被害者は自信たっぷりに坪内と川戸は共謀したと匂わせてたらしいよ。新谷は何か物証を握ってたんじゃないだろうか」

「そうだったとしたら、疑惑を持たれた二人が自分らにとって都合の悪い証拠を奪ってから、殺し屋《プロ》に新谷を片づけさせたとも考えられますね」

「そうだな」

「刑事部長、他にも新谷にスクープ記事を書かれて被害者を逆恨《さかうら》みしてた人間がいそうですが、第一期捜査でそういった連中の動きは探《さぐ》ってみたのでしょうか？」

「新谷健吾に不正や犯罪を暴かれそうになった団体と個人は、すべて洗ってみたという報告を管理官から受けてる。誰も心証はシロだったそうだよ」

「となると、疑わしいのは坪内と川戸ですかね」

「捜査本部も、その二人を怪しんだんだが、まるで尻尾《しっぽ》を出さないらしいんだ」

半田が長嘆息して、コーヒーを飲んだ。ブラックのままだった。津坂は煙草をくわえて、簡易ライターで火を点けた。

「おっ、そうだ。きみは昨夜《ゆうべ》、西麻布の路上殺人事件の現場に居合わせたんだってね。機捜初動班から、そういう報告が上がってきたんだよ。現場近くのレストランで羽鳥さんと食事をした後《あと》、犯行を偶然に目撃したんだね？」

「ええ、そうです。すぐに黒ずくめの男を追ったんですが、見失ってしまいました。その事件《ヤマ》が何か？」

「被害者の長沢圭太は『日新損保』の顧客調査課に所属してたんだが、グループホーム経営者の川戸繁は、その損保会社に八千万円の火災保険を掛けてたんだ。しかも長沢は、新谷と同じ高校の出身者であることがわかったんだよ」

「被害者たちにそういう接点があったんなら、二つの殺人事件はリンクしてるのかもしれませんね」

「わたしも、そう感じたんだ。新谷記者は、グループホームが火事になった翌日に川戸が八千万円の保険金を『日新損保』に請求したことを高校の後輩の長沢に教えてもらったんではないだろうか」

「考えられないことではないでしょうね。新谷の協力者だったかもしれない長沢が昨夜殺され、五月八日には新谷が刺殺されています。ただの偶然とは思えないな」

「坪内と川戸が謀《はか》って殺し屋を雇い、五月に新谷を葬《ほうむ》らせ、きのうの夜に今度は長沢圭太の口を封じさせたんだろうか」

「半田部長、ちょっと待ってください。どちらも刺殺されたのですが、凶器が異《こと》なっています。新谷は畳針に似た特殊針で延髄を刺されて死んだんですが、長沢はありふれた形状のナイフで心臓を貫かれました」

「そうだったね。実行犯は同一人だったんだが、意図的《いとてき》に凶器を変えて凶行に走ったのかもしれないな。同じ凶器を使うと、警察に怪しまれるんで」

「そうだったんですかね。昨夜《ゆうべ》の事件の初動捜査で何か手がかりを得られたんだろうか」

「いや、特に収穫はないそうだよ」

半田が首を横に振った。津坂はセブンスターの火を消した。

「機捜初動班から少し管理官に情報を集めさせよう」

「お願いします。できるだけ早く隠れ捜査に取りかかります」

「いまのきみは、警察手帳、特殊警棒、手錠、拳銃も貸与されていない。心細いだろうが、なんとか真犯人《ホンボシ》を突きとめてくれないか」

「ベストを尽くします」

「少しぐらい荒っぽいことをしてもかまわないよ。何か問題になったら、わたしが必ずきみの味方になる。津坂君が手錠を打たれるようなことにはならないよ。安心してくれ」

半田が胸を叩いた。

津坂は必要に応じて、ポリスマニア・グッズの店で買った模造警察手帳や特殊警棒を使っている。加えてアイスピックやブーメランを武器にしていた。時には、新聞記者や週刊誌記者を装う。調査員に化けることもあった。

「成功報酬は二百万円だが、裏捜査費はふんだんに遣《つか》ってもかまわない。ギムレットの代金は、いくら置いていけばいいかな」

「刑事部長、水臭いことを言わないでください」

「それでは、ご馳走になろう」

半田がスツールから滑り降り、ビジネスバッグを提《さ》げた。津坂はカウンターから出て、隠れ捜査の依頼人を店の外まで見送った。

3

鉢山町だ。津坂はBMWの速度を落とした。車体はドルフィンカラーで、5シリーズだった。

三年落ちのドイツ車を一年四カ月前に購入したのだ。諸費用を含めて約三百二十万円だった。エンジンの調子は悪くない。

新谷が殺害された脇道にBMWを入れる。午後四時半を回っていた。津坂は簡単な仕込みをしてから、自分の店を出た。

殺人事件が起こったのは一カ月も前だ。どんなに目を凝《こ》らしても、遺留品が新たに見つかるはずはない。それはわかっていた。しかし、津坂は事件現場を一度は踏まなければ、気が済まなかった。まだ刑事だったころの習性がなくならないのだろう。

津坂は車を路肩《ろかた》に寄せ、運転席から出た。殺人現場は見当がついた。むろん、すでに血痕は消えている。花や供物《くもつ》も見当たらない。

津坂は新聞記者を装って、近くの家々を訪ねた。

だが、徒労だった。新事実は得られなかった。いつしか西陽《にしび》は沈みかけていた。

津坂はBMWに乗り込んだ。

エンジンを始動させたとき、麻の生成《きな》りの上着の内ポケットでスマートフォンが着信音を刻んだ。津坂はスマートフォンを摑み出し、ディスプレイを見た。

電話をかけてきたのは、高校時代から親しくしている沖直人《おきなおと》だった。親友は三年四カ月前まで東京地検特捜部で働いていた。

といっても、検事だったわけではない。元検察事務官である。いまは犯罪ノンフィクション・ライターだ。まだ独身だった。

「今夜、津坂の店に飲みに行くよ。店にいるだろう？」

「いや、副業の仕事で動きはじめてるんだ。店は従弟にしばらく任せることになりそうだな」

「そうなのか。マスター探偵、今度はどんな依頼を受けたんだ？」

「先月八日に『真相ジャーナル』の新谷健吾って記者が殺されたよな。まだ加害者が捕まらないので、被害者の親族から……」

津坂は、もっともらしく言った。たとえ親友でも、隠れ捜査のことを喋るわけにはいかない。

「遺族から犯人捜しを依頼されたのか」

「そうなんだよ。元刑事には捜査権がないから、加害者にたどり着けるかどうかわからないが、依頼を請け負ったんだ。酒場のオーナーだけじゃ、なんか退屈だからな」

「退職しても、刑事《デカ》魂は萎《しぼ》まないんだろうね。おれ、実は故人とは面識があったんだ。ある出版記念パーティー会場でライター仲間に新谷健吾を紹介されたんだよ」

「そうなのか」

「おれたちよりも一つ年下だったけど、真のジャーナリストといえる男だったよ。あらゆる権力や権威に決してひざまずかなかったし、社会のタブーにも臆《おく》することはなかった。命懸《が》けで仕事をしてたんだろう。上司の神尾編集長と発行人の岩崎社長も勇敢で、高潔だ。『真相ジャーナル』はいわゆるリトルマガジンだが、一流の月刊誌だね。大新聞やテレビ局の報道部よりも、志《こころざし》は高いよ」

「広告収入を得てるマスコミは何でも報道できるわけじゃないからな。時には、真実から目を逸《そ》らさざるを得ない」

「そうなんだよな。その点、購読料と発行人の貯《たくわ》えだけで月刊誌を出しつづけてる『風の声社』は立派だよ。年にノンフィクション関係の単行本を七、八冊出してるが、書籍も赤字だろうから、経営は楽じゃないと思うよ。それでも、社長や社員たちの志は揺らぐことはない。オーバーに言えば、ジャーナリズム界の鑑《かがみ》だね」

「沖は、新谷記者殺しをどう見てる？」

　津坂は訊いた。

「被害者は何事にも筋を通すタイプだったろうから、プライベートで他人に恨まれることはないと思うよ」

「だろうな。被害者に不正や犯罪を告発された団体や個人が怪しいか？」

「これから告発されることになってた組織や個人も疑えるね。そのあたりのことは『風の声社』に行けば、わかるんじゃないか」

「これから、代々木《よよぎ》にある『風の声社』に行ってみるよ。ところで、沖はいまどんな取材をしてるんだ？」

「急ぎの仕事を片づけたんで、昨夜《ゆうべ》、麻布署管内で刺殺された損保会社の社員の事件をちょっと調べてみようと思ってる。殺された長沢圭太は、『日新損保』の顧客調査課で働いてたらしいからな。保険金詐欺が絡んでるのかもしれない」

　沖が答えた。津坂は少し迷ったが、前夜のことを明かした。

「羽鳥さんとおまえが犯行の目撃者だったのか。逃げた黒ずくめの犯人のことをよく思い出してくれないか」

「動作はきびきびとしてたから、おそらく二、三十代だろうな。しかし、顔ははっきりと見えなかったんだ。警察関係者から聞いたことなんだが、きのう刺殺された長沢圭太は新谷健吾の高校の後輩らしいんだよ」

「えっ、そうなのか。なら、二人の殺人事件はどこかで繋がってそうだな」

「そうなのかもしれないぞ。沖、長沢の同僚や遺族に接触してみてくれないか。おれは、新谷の事件のことを調べてみるよ」

「わかった。情報を共有しようじゃないか。連絡を密《みつ》に取ろうや」

沖が言って、電話を切った。

津坂は捜査資料で『風の声社』の所在地を確認してから、車を発進させた。玉川《たまがわ》通りを突っ切って、山手《やまて》通りをたどる。

目的の会社は、代々木四丁目の裏通りにあった。古びた三階建てのビルだった。

津坂はBMWを『風の声社』の社屋近くの路上に駐《と》め、すぐに新谷が働いていた職場に向かった。フリージャーナリストに化けて、受付で岩崎社長と神尾編集長の二人に面会を求める。

受付の女性が内線電話の受話器を握った。運よく二人とも社内にいた。

　ほどなく津坂は三階の社長室に通された。高見護《たかみまもる》という名を騙《かた》って、岩崎社長に偽名刺を渡す。自宅の住所とスマートフォンの番号は、でたらめではなかった。

　名刺を差し出した岩崎は、大学教授を想《おも》わせる知的な容貌だった。育ちのよさもうかがえる。

「高見さんは、どこかマスコミのご出身なんでしょ？」

「いいえ、一年前まで大手予備校で現代国語を教えていました。二十代のころから何か物を書きたいと思っていましたので、先のことは考えずにフリーライターになったんですよ」

「そうですか」

「マスコミに知り合いがいるわけじゃないんで、仕事はほとんどしていない状態です。わずかな貯えを切り崩してるんですよ」

「フリーライターで食べていくのは大変でしょうね。生計を立てられるまで、かなり時間がかかるかもしれませんよ」

「その覚悟はできています。実はわたし、『真相ジャーナル』をほぼ毎月読んでるんです」

「それはありがとうございます」

「新谷記者のファンでした。こちらのほうが一つ年上ですが、リスペクトしてたんですよ。彼の記者魂には脱帽です」

「そこまで誉《ほ》めていただけると、故人もあの世で面映《おもはゆ》がってるでしょう」

「そんなことで、わかりません。個人的に事件のことを少し調べてみる気になったわけです。捜査の仕方はまるでわかりませんが、犯人を突きとめることはできないでしょうが、じっとしていられなくなったんですよ」

「ありがたいお話です。捜査が難航してるようなんで、われわれも少し焦《じ》れはじめてるんですよ」

「そうでしょうね」

「神尾をここに呼びましたので、どうぞソファにお掛けください」

「はい」

津坂は応接セットに足を向けた。

ソファに腰かけかけたとき、社長室に四十八、九歳の男が入ってきた。『真相ジャーナル』の編集長だった。長髪で、芸術家風だ。

津坂は自己紹介して、神尾にも偽名刺を渡した。神尾が名乗って、自分の名刺を差し出す。名刺交換が済むと、津坂はソファに坐った。岩崎と神尾はテーブルの向こう側に並んで腰かけた。

「コーヒーでも運ばせましょう」

社長の岩崎が言った。

「どうかお構いなく。早速ですが、事件に関する報道をわたしなりに分析したんです。それで、新谷さんは過去のスクープ記事の件で逆恨みされたのではないかと推測したんですよ。わたしの筋の読み方はどうでしょう？」

「その疑いはあると思います」

神尾編集長が先に応じた。

「見当外れではないんですね？」

「ぼくも、そう推測してますよ。岩崎社長も同じでしょう」

「わたしも、そう睨《にら》んでるんです。新谷は大胆な告発記事を何本も書きましたんで、関係者からはだいぶ恨まれてたんでしょう」

「岩崎さん、新谷記者は『真相ジャーナル』の先々月号に『京和電工』が高齢者グループホームを運営してる『くつろぎの家』と結託して、放火殺人を仕組んだ疑いがあると仄《ほの》めかしてましたよね？」

「ええ」

「漏電したと思われる旧型のパネルヒーターは、『京和電工』とライバル関係にある製品だったようです。『京和電工』は数年前から業績が思わしくなく、『くつろぎの家』の代表者も別の事業に失敗して億単位の負債を抱えてた。双方の利害は一致してるんですよ」

「そういうことになりますね」

「グループホーム経営者の川戸繁氏は、火災が発生した翌日に『日新損保』に八千万円の火災保険金の請求をしたようです」

「そうらしいですね」

「入所者が三人も亡くなっているのに、保険金を請求するのが早すぎます。そんなことで、殺された新谷さんは火災が仕組まれたものかもしれないと疑惑を持ったのでしょう。『京和電工』の坪内秀明社長と『くつろぎの家』代表の川戸氏が共謀した疑いは濃いと思うんです」

「ええ、そうですね」

「どちらからか、貴社に抗議文が送りつけられたりしませんでした？　あるいは、脅迫電話をかけてきたりとか」

「そういうことはありませんでしたよ」

神尾が先に答えた。

「スクープ記事は中傷やデマではないんで、クレームをつけてこなかったんでしょうか？」

「そうなんでしょうね。新谷は、仕組まれた火災の動かぬ証拠を押さえてると言ってたんですよ」

「神尾さんは、その証拠を確認したんですか？」

「いいえ、物証は確認していません。録音音声も聴いていないんです。新谷はほぼ裏付けを取ってから告発原稿を書いてたんで、いちいち確かめなかったんですよ」

「そうですか。その録音音声は、坪内社長と川戸氏の密談なんですね？」

　津坂は矢継ぎ早に質問した。

「ええ、そう言ってました。新谷は、その証拠音声データを自分のデスクの引き出しに保管してあると思ってたんだが……」

「引き出しには入ってなかった？」

「そうなんですよ。彼が使ってたロッカーにもなかったし、久我山《くがやま》の自宅マンションにもありませんでした」

「おそらく音声データは自宅から盗まれたんでしょう」

岩崎社長が口を挟《はさ》んだ。

「そうなんでしょうか。新谷さんのご出身はどちらなんです?」

「実家は山梨県の大月《おおつき》にあります。捜査本部の方たちが新谷の実家にも行ったそうですが、音声データはなかったという話でしたね」

「久我山の自宅に誰かが侵入した痕跡はあったんでしょうか?」

「そういう形跡はなかったみたいですよ」

「もしかしたら、新谷が保管してた音声データは社内から持ち出されたのかもしれないな」

神尾編集長が呟《つぶや》いた。すると、岩崎が即座に否定した。

「そんなことはないよ。神尾君も知ってる通り、『真相ジャーナル』編集部の出入口付近には防犯カメラを設置してあるし、机やロッカーの鍵は各人が持ち歩いてたんだから」

「そうですが、犯罪のプロだったら、防犯カメラのレンズをスプレーの噴霧《ふんむ》で見えなくして、編集部に忍び込むことは可能でしょう?」

「ま、そうだろうね」

「机やロッカーの鍵も、造作なく解錠できるはずです。よっぽどセキュリティーシステムがしっかりしていないと、空き巣の侵入は防げないでしょう」

「神尾君の言う通りだが、録画映像に異状はなかったんだ。何者かが社内に入り込んだとは考えにくいな」

「失礼なことをうかがいますが、最近、会社を辞めた方はいらっしゃいます？」

「そういう者はいません。高見さんは社員か元社員が誰かに抱き込まれて、新谷記者が保管してた音声データを盗み出したのではないかと疑ったようですね」

岩崎が幾分、表情を強張《こわば》らせた。

「感情を害されたのでしたら、謝罪します。わたしは、あらゆる可能性を考えるべきだと思ったんですよ。ただ、それだけだったんです。別段、他意はなかったんです」

「怒ってはいません。社員の中に加害者と通じてる者などいないと信じてるんで、いささか……」

「むっとされたんでしょうね」

「少し大人げなかったな。高見さん、どうか気になさらないでください」

「こちらこそ少し無神経でした」

「もういいじゃないですか」

神尾が執《と》り成《な》すような口調で言った。岩崎が、きまり悪そうに笑った。津坂も少しばつが悪かった。

「高見さんだけではなく、捜査本部も『京和電工』の坪内社長と『くつろぎの家』の川戸代表を怪しんで、だいぶ二人のことを調べ回ったようですよ」

神尾編集長が言った。

「しかし、どちらも任意同行は求められてないんでしょう。求められてたら、当然、新聞やテレビで報じられるでしょうから」

「ええ、高見さんがおっしゃる通りですね。警察はいまも坪内、川戸の両氏を怪しんでるんでしょうが、まだ立件材料が揃っていないんでしょう」

「多分、そういうことなんでしょうね。神尾さん、新谷記者の最近の取材内容を教えていただけますか」

「それは別のスタッフが引き継ぐことになってるんで……」

「神尾君、喋ってもかまわないんじゃないかね。高見さんはフリーライターだが、『真相ジャーナル』を出し抜こうなんて考えてらっしゃらないんだろうから」

岩崎社長がそう言い、津坂に顔を向けてきた。

「スクープ種《ネタ》を横奪《ど》りする気なんかありませんよ。第一、こちらは駆け出しのライターです。仮に取材内容を教えていただいても、単独では出し抜くことは不可能ですよ」

「わかりました。いいでしょう、お教えします」

神尾編集長がいったん言葉を切って、言い重ねた。

「四月上旬から新谷は、悪徳外科医のことを調べていました。そのドクターは木下良純《きのしたよしずみ》という名で、保険金詐欺グループとつるんでるんですよ。大久保《おおくぼ》二丁目で外科クリニックを開業してる木下は、不法滞在の外国人たちや暴力団関係者の怪我を闇治療して法外な金を取ってるんです。もう五十なんですが、女とギャンブルに目がないんですよ」

「それだから、荒稼ぎしなければならないんだろうな」

「そうなんでしょうね。外科医の木下は当たり屋グループと繋がってて、故意の交通事故の被害者が重い怪我をしたという偽診断書を何十枚も出して、損保会社から騙し取った保険金の三十五パーセントを謝礼に貰ってるんですよ。『日新損保』なんて、その手で一億数千万円も詐取《さしゅ》されたようです」

「神尾さん、きのう、西麻布の裏通りで刺殺された『日新損保』の長沢圭太さんは新谷記者の高校時代の後輩なんですよ」

「えっ、そうなんですか⁉　高見さん、そのことはどうしてわかったんです？」

「麻布署の刑事課に大学のゼミで一緒だった男がいます。そいつにこっそりと教えてもらったんですよ」

「新谷は、殺された長沢という後輩に『くつろぎの家』の代表が『日新損保』に八千万円の火災保険を掛けてることを教えてもらったんじゃないかな」

「そうだったのかもしれませんね。そのとき、新谷さんは後輩に『京和電工』の坪内社長とグループホーム経営者の川戸繁が共謀して故意に火災を起こしたことを喋ったと考えられませんか？」

「考えられるね。坪内と川戸は放火のことを見抜かれてはまずいんで、第三者に先に新谷を始末させて、きのうの夜、長沢という『日新損保』の社員も……」

「その疑いはあります。長沢さんは、顧客調査課で保険金詐欺のチェックをしてたようですから」

「やっぱり、坪内と川戸が臭いな」

「神尾君、悪徳外科医の木下も疑わしいよ」

岩崎が話に割り込んだ。

「ええ、木下も怪しいですね。悪徳ドクターは新谷に身辺を嗅《か》ぎ回られてましたし、長沢という損保会社の社員に偽の診断書を見破られたとも考えられるからな」

「そうなんだよ。坪内と川戸の二人のほうが疑わしいが、外科医の木下も怪しい。高見さん、そうでしょ？」

「確かに、その三人は臭いですね。ちょっと調べてみます」

「新谷君を早く成仏《じょうぶつ》させてやりたいが、高見さん、あまり無理はしないほうがいいと思います。身に危険が迫ったら、警察の力を借りるべきですね。なんだったら、わたしたちに支援を要請してもらってもいいな。な、神尾君?」

「そうしてくださいよ」

「お二人のお力を借りることになるかもしれません。その節は、どうかよろしくお願いします。貴重なお時間を割《さ》いていただいて、ありがとうございました。どうもお邪魔しました」

津坂は謝意を表し、社長室を出た。

『風の声社』を辞して、BMWに乗り込む。津坂は懐からスマートフォンを取りだし、情報屋の小寺輝雄《こでらてるお》をコールした。

小寺は六十三歳で、元キャバレー支配人だ。ギャンブルで身を持ち崩し、警察、探偵社、夕刊紙などに雑多な情報を売って糊口《ここう》を凌《しの》いでいた。自宅アパートは、大久保小学校の裏手にある。

津坂は新宿署の刑事課で働いていたころ、たびたび小寺から裏情報を買っていた。本庁勤めになってから疎遠《そえん》になっていたが、隠れ捜査を請け負うようになって交友が復活していた。

通話可能状態になった。

「小寺の旦那、変わりはない？」

「その声は津坂さんだね。また、稼がせてくれるのかな」

「使える情報なら、高く買うよ」

「何が知りたいの？」

「大久保に『木下外科クリニック』があるね？　悪徳外科医らしいじゃないか」

「とんでもない医者だよ。オーバーステイの外国人やヤー公たちに闇治療をしてやって、べらぼうな金をぼったくってる。荒稼ぎした銭は女と賭け事に注ぎ込んでるようだ。いけ好かない野郎だね」

小寺が吐き捨てるように言った。

「木下は当たり屋崩れどもと結託し、損害保険金を騙し取ってるみたいなんだ。旦那に木下の私生活、それから損害保険詐欺グループのことを調べてほしいんだよ」

「合点でさあ。できるだけ多く情報を集めて、津坂さんに連絡する」

「よろしく！」

津坂は通話を終わらせ、捜査資料のファイルを開いた。『京和電工』の本社ビルは品《しな》川《がわ》区大崎《おおさき》二丁目にあった。

津坂はイグニッションキーを捻《ひね》った。

4

不穏《ふおん》な空気が漂《ただよ》っている。

『京和電工』本社ビル前には、二十数人の男女が固まっていた。どの顔も険《けわ》しい。

津坂はフロントガラス越しに前方を見ながら、BMWのパワーウインドーのシールドを下げた。『城南労働者ユニオン』と染め抜かれた幟《のぼり》を持った男たちが何か言い交わし、ハンドマイクを握った仲間に合図した。

「坪内社長、卑怯じゃないか。居留守を使ってないで、ちゃんと交渉に応じろ！　業績不振を理由に十九人の社員を一方的に解雇するのは不当だ。不当解雇は違法だぞ。労働者の権利を無視するな」

ラウドスピーカーから、男の怒声が発せられた。群がっている男女がシュプレヒコールを唱《とな》える。

だが、本社ビルの表玄関は閉ざされたままだった。労務担当者は姿を見せようとしない。不当解雇されたと思われる男女と支援団体のメンバーは、抗議の声をあげつづけた。それでも、『京和電工』の本社ビルからは誰も出てこなかった。

やがて、一団は去った。

入れ代わるように、黒塗りのクライスラーが本社ビルの前に横づけされた。柄《がら》の悪い男たちが次々に車を降りる。三人だった。男たちは、ビラの束と粘着テープを持っていた。彼らは強化ガラスの玄関ドアと外壁にビラを貼りはじめた。

ビラには、〝金返せ！〟とか〝無責任社長〟と記《しる》されている。どうやら男たちは、暴力団の息のかかった金融業者らしい。

坪内社長は資金繰りに窮《きゅう》し、街金業者からも融資を受けたようだ。十九人の社員も不当に解雇したのだろう。

会社が倒産の危機に瀕《ひん》していたら、どんな汚い手段を使ってでも売上を伸ばしたいと考えるかもしれない。坪内がグループホーム経営者の川戸と共謀して、漏電による火災を仕組んだ疑いは拭《ぬぐ》えない。

ビラを貼り終えた男たちは、大型米国車の中に戻った。ドライバーがクライスラーを荒っぽく発進させた。

津坂はパワーウインドーのシールドを上げた。張り込んで、坪内社長を尾行するつもりだった。

友人の沖から電話がかかってきたのは午後七時数分前だ。

「『日新損保』の社員だった長沢圭太は、グループホーム経営者の保険金請求を保留扱いにしてたよ」

「火災が仕組まれたものと判断したからなんだな？」

「いや、そうした確証は得てなかったらしいよ。ただ、旧型パネルヒーターのコードに刃物で傷つけたような痕があったと消防署からの報告があったんで、保険金の支払いにストップをかけたようなんだ」

「コードに切れ込みがあったんなら、故意に漏電させた疑いがあるな」

津坂は言った。

「そう考えてもいいだろう。それからな、長沢は新谷健吾が殺される前にちょくちょく会ってた。同僚たちの証言でわかったんだよ」

「そうか。新谷は高校の後輩から、『くつろぎの家』が全焼したのは人為的《じんいてき》だったと聞いてた可能性があるな」

「ああ、そうなんだろう」

「沖、長沢の親族に会えたのか？」

「実は、いま甲府《こうふ》の長沢の実家の近くにいるんだよ。しかし、取り込み中なんで、被害者の親兄弟には会えなかったんだ」

「そうなのか。長沢の遺体は、もう実家に安置されてるんだろ?」

「ああ。東京都監察医務院での司法解剖が終わると、亡骸はすぐ実家に搬送されたんだ。亡くなり方が普通じゃないんで、自宅で密葬を……」

「そう」

「故人と親しかった友人が弔問《ちょうもん》に訪れるかもしれないから、おれはもう少しこっちで粘ってみるよ。津坂のほうは、何か収穫があったのか?」

沖が問いかけてきた。津坂は経過を伝えて、電話を切った。ほとんど同時に、スマートフォンの着信ランプが灯《とも》った。

発信者は情報屋の小寺だった。

「旦那、仕事が早いな」

「えへへ、生活がかかってるからね。木下のクリニックに出入りしてる元当たり屋グループの親玉は江守憲三《えもりけんぞう》って名で、五十六歳だという話だったな。江守は四人の手下に繰り返し高級車のオカマを掘らせて、悪徳外科医に偽の診断書を出してもらい、損保会社に提出させてたみたいだね。『日新損保』から一億数千万円を騙し取ってからは、別の損保会社を狙うようになったらしいよ」

「そう。保険金請求のチェックをしてた社員は、長沢圭太だったのかな？」

「そこまでは調べられなかったんだ。必要なら、『日新損保』の社員に接近してみてもいいけどね」

「いや、そこまでやってくれなくてもいいんだ。旦那、保険金詐欺グループのボスの家《ヤサ》は？」

「北新宿二丁目三十×番地にある『北新宿スカイコーポ』の五〇五号室に住んでる。以前は内縁の妻と暮らしてたそうだけど、現在は独り暮らしらしい。女に逃げられたんじゃないのかな。危《ヤバ》いことをやってる男にいつまでもくっついてたら、ろくなことないからね」

「そうだな。小寺の旦那、謝礼は十万でいい？」

「御の字でさあ」

「すぐに金を届けてやりたいんだが、いまは張り込み中で動けないんだ」

「何かのついでに払っていただければ、それで結構でさあ。先日、スポーツ紙にＶＩＰ専用の違法カジノが河田町《かわだちょう》のタワーマンションにあることを教えて、少しまとまった銭を貰ったんで、しばらくは喰い繋げるんでね」

「近いうちに必ず金は届けるよ」

津坂は通話を切り上げ、セブンスターをくわえた。張り込みは自分との闘いだ。対象者が動きだすのを辛抱強く待ちつづける。焦《じ》れないで、ひたすら待つ。それが鉄則だ。

津坂は背凭《せもた》れに上体を預け、煙草を深く喫《す》いつけた。


客の購買欲が高まったようだ。顔つきで、読み取れた。大島紬《おおしまつむぎ》を着込んだ店主は、ほくそ笑《え》みそうになった。骨董店《こっとうてん》『古堂《いにしえどう》』の店内だ。店は千駄ヶ谷《せんだがや》一丁目の裏通りにあった。住まい付きの店舗で、間口《まぐち》はおよそ三間《さんげん》だ。

真紅のポルシェで店に乗りつけた客は、飲食店チェーンを展開している会社の若い社長だった。まだ三十代の半ばと聞いている。

成金《なりきん》らしくブランド物のスーツを身につけ、右手首にはこれ見よがしにピアジェの宝飾腕時計を光らせる。金の遣い道がないのか、半年ほど前から週に一度は店にやってきて、必ず高価な骨董品を買い上げていく。上客だった。須貝《すがい》という苗字しか知らない。

「名の通った画家の油彩画《ゆさいが》や伝統工芸品を蒐集《しゅうしゅう》してたんだけど、時代を経《へ》た骨董品のほうがいいね」

「歴史を感じさせる物は、どれも味わい深いでしょ？」

「そうだね。店に飾られてる船簞笥《ふなだんす》、長火鉢、掛軸《かけじく》、屛風《びょうぶ》、江戸切子《きりこ》、ライカの古い写真機、能面、天井から吊るされた大正時代のパラソル、年代物の蓄音機のすべてが欲しくなっちゃうな」

「なんでしたら、店に置いてある品物をそっくりお売りしましょうか」

「いっぺんに手に入れたら、楽しみがなくなる。気に入った順に一点ずつ買い求めるよ。ところで、この飴色《あめいろ》に輝くガラス器はかなり古い物なんでしょ？」

「古代ペルシャのガラス器です。多分、アケメネス朝《ちょう》の物でしょうね」

「アケメネス朝？　聞いたことないな」

「紀元前五百五十年から二百年ほど栄華をきわめた古代ペルシャ王朝です。全オリエントを統合し、メソポタミア、エジプト文明を吸収して、独自のイラン文明を形成したんですよ」

　店主は説明した。

「そうなのか」

「首都ペルセポリスの宮殿遺跡に残る建築物や彫刻は、古代オリエント美術の頂点とさえ言われてるんです」

「それなら、値のほうも張りそうだな」

「底の部分が欠《か》けてなかったら、一億円でも手に入れたいと願う好事家《こうずか》はいるでしょうね」

「確かに底部の破損が気になる。でも、やっぱり欲しいな。大将、いくらで譲ってくれる？　そちらの言い値で買うよ」

「百五十万で、どうでしょう？」

「安いじゃないか。買うよ。包んでくれないか」

須貝が言って、クロコダイルの茶色いセカンドバッグから札束を取り出した。店主は相好《そうごう》をくずし、ガラス器をラバーシートでくるんだ。よく出来た贋作《がんさく》だった。仕入れ値は五千円にも満たない。古美術品と違って、鑑定書を客から求められることはなかった。

「そこの桐箱に入ってるのは、能面でしょ？」

「ええ、そうです。その若女《わかおんな》は桃山時代の能面師の作なんですよ。ところどころ塗りは剝《は》げてるが、表情はまだ生きてる。価値のある能面ですよ。どうです？」

「能面よりも、横に並んでる茶壺《ちゃつぼ》は青磁《せいじ》でしょ？」

「お目が高い。まさしく宋《そう》代の青磁の茶壺です。中国陶磁は古代はもちろん、唐《とう》、宋、清《しん》朝時代の物もコレクターたちに人気があるんですよ。破損はありませんが、三万円でお譲りしましょう」

「たったの三万だって⁉　大将、冗談はやめてよ」

「真面目な話です。わたし、中国陶磁も商《あきな》っていますが、どれも採算を度外視してでも早く処分してしまいたいんです」

「どうしてなんです？」

「もともと外国嫌いなんですよ。欧米人に妙なコンプレックスを抱いてる日本人が少なくありませんが、わたしは白人も有色人種も外国人は嫌いなんです。最近の中国人の横暴さには強い怒りを感じてましてね……」

「そういえば、中国はわがまま放題って感じだね」

「国の舵取《かじと》りをしてる奴らにも腹が立ちますが、日本の不動産や水利権を買ってる中国人富裕層には頭にくるね。連中の多くはいずれカナダやアメリカに移住する気でいるくせに、日本の不動産を動かして、ひと儲けを企《たくら》んでる。卑《いや》しい守銭奴だよ。この国をこよなく愛してる者にとって、外国人は敵さ。できるなら、日本の骨董品だけを売りたい。商売のことを考えると、そうもいきませんけどね」

「大将は民族派なんだ？」

「そう見られることに誇りを感じています。話が脱線してしまいましたが、青磁の茶壺も持っていってくださいよ。店に中国陶磁を置いとくだけで、なんか不快なんです」

「そういうことなら、三万円で譲ってもらうよ」

須貝がセカンドバッグから、三枚の万札を抓《つま》み出した。店主は青磁の茶壺を手早く包装した。

「きょうはなんか得したな。大将、また来ます」

須貝が二つの包みを両脇に抱え、店から出ていった。じきにポルシェが走り去った。

店主は奥の椅子に腰かけ、和服の袂から束ねた紙片を取り出した。きのうの午後、『東都地所』と『明正ビルファンド』から奪った中国人顧客リストだった。

間もなく右翼崩れの男が店に来ることになっていた。中古車販売会社を経営している鷲塚治重《わしづかはるしげ》とは、池袋《いけぶくろ》の飲み屋で二年前に知り合った。その酒場の経営者は右翼系政治結社の幹部だった。

店内には、常に軍歌が流れていた。音源はＬＰレコードだった。骨董店の店主は鷲塚と『同期の桜』をカラオケで一緒に歌ったことで、たちまち意気投合した。二つ年上の鷲塚とは共通の話題が多かった。

それ以来、二人は月に一度は酒を酌《く》み交わしている。リストの氏名を目でなぞっていると、鷲塚が『古堂』に入ってきた。

脂《あぶら》ぎった五十男だが、笑うと凄みが消える。はったり屋で、いつも値の張る背広を着ていた。むろん、オーダーメイドだ。

「電話でおれに頼みがあると言ってたが、何かトラブルに巻き込まれたの？　客に因縁《いんねん》をつけられたんなら、威勢のいい若い者《もん》たちを引き連れて、おれが話をつけてやるよ」

「そういうことで、困ってるんじゃないんだ。とりあえず、坐ってくれないか」

店主は、鷲塚をかたわらの椅子に腰かけさせた。

「商売がうまくいってないのかな？　少しぐらいなら、金を回してやってもいいよ。けど、五百万が限度だな。二十代のサラリーマン層が車離れしてるんで、売上が横ばい状態なんでね」

「金の相談じゃないんだ。日本の不動産を買い漁ったり、ビルファンド会社に投資してるリッチな中国人が来日したら、昔の仲間たちと拉致《らち》して監禁してもらいたいんだよ」

「そいつらを殺《や》っちまうつもりなのか⁉」

「いや、そこまでは考えてない。中国人富裕層が手に入れた日本のビルやマンションを買い戻したいんだよ。もちろん、安く買い叩くつもりさ。日本の土地や建物をマネーゲームの道具にされたんじゃ、業腹《ごうはら》じゃないか」

「ああ、腹立たしいな」

「監禁した中国人どもをとことんビビらせれば、相場の一割程度で手放すだろう」

「小便チビるぐらいに威《おど》せば、そうなると思うぜ。しかし、相場の十分の一ぐらいで買い叩くとしても、ビルやマンションを一棟買いするとなったら……」

「資金提供を約束してくれた民族派の金持ちがいるんだよ」

「それなら、外国人に渡った不動産は買い戻せるな。で、どんな奴らを引っさらえばいいんだい？」

鷲塚が訊いた。『古堂』の主《あるじ》は袂から例のリストを取り出し、鷲塚に手渡した。鷲塚が中国人顧客リストを押し開く。

「氏名と中国の連絡先しか載《の》ってないな。これだけじゃ、拉致しようがない」

「別の協力者がリッチな中国人たちが来日する日時と投宿先を調べてくれることになってるんだ。その情報が届き次第、鷲塚さんに連絡するよ」

「そう。おれは礼なんか貰おうと思っちゃいないが、若い者《もん》を何人か動かすとなると、そいつらに少しは払ってやらないとな」

「リッチな中国人を拉致して監禁してくれたら、ひとり三百万円払う。その中から配下の連中に分け前をやってくれないか。分け方は鷲塚さんに任せる」

「それだけ払ってもらえるんだったら、全面的に協力するよ」

「よろしく頼みます」

店主は頭を下げた。

二人は小一時間、雑談を交わした。やがて、鷺塚が暇《いとま》を告げた。引き留《と》めなかった。

主は店仕舞いすると、二階の住居スペースに移った。二間《ふたま》にダイニングキッチンが付いている。浴室とトイレもあった。

一年数カ月前から同棲している市岡亜弓《いちおかあゆみ》は、夕食の支度をしていた。元SMクラブのM嬢で、二十七歳だった。超美人ではないが、嬲《なぶ》られたときに陶然《とうぜん》とした表情になる。サディストの店主はそれに魅《み》せられて、亜弓と暮らす気になったのだ。

「もうすぐご飯よ」

亜弓が振り返った。

「晩飯は後だ」

「え？」

「急いでシャワーを浴びて、素肌にチャイナドレスをまとってくれ」

「食事前にプレイしたいのね」

「そうだ。中国人の女になりきって、思い切り泣き叫ぶんだぞ。そうじゃないと、いたぶり甲斐《がい》がないからな」

「うふふ。うーんといじめて」

「ああ、いじめ抜いてやる」

店主は亜弓に近寄って、形のいい尻《しり》を平手打ちした。いわゆるスパンキングだ。亜弓が嬌声《きょうせい》をあげ、いそいそと浴室に向かった。

店主は歪《ゆが》んだ笑みを浮かべた。

第二章　容疑者たち

1

エントランスロビーから男が出てきた。

午後九時過ぎだった。津坂は前屈みになった。外に現われたのは、間違いなく坪内だった。『京和電工』の社長の顔写真は捜査資料に貼付《ちょうふ》されていた。

坪内は大通りまで急ぎ足で歩き、タクシーを拾った。

津坂は慎重にタクシーを尾《つ》けはじめた。行き先の見当はつかなかった。

タクシーは二十分ほど走り、渋谷の宇田川町《うだがわちょう》の雑居ビルの前に停まった。坪内はタクシー運転手から釣り銭を受け取ると、雑居ビルの中に入っていった。消費者金融から金を借りるつもりなのか。

津坂は、路上に駐《と》めたＢＭＷの運転席から出た。

六階建ての雑居ビルに走り入る。エレベーターホールに坪内の姿は見当たらない。函《ケージ》は上昇中だった。多分、坪内はケージの中にいるのだろう。

津坂は階数表示盤を見上げた。

エレベーターは四階で停止した。津坂は少し待って、四階に上がった。そのフロアにはレンタルルームが並んでいた。

通路の右側に五つのドアが並んでいる。坪内は、どの部屋に入ったのか。カラオケ店のようにブースの中を覗き込むことはできない。

津坂は通路の壁面に目をやった。

エレベーターホールの近くに防犯カメラが設置されているが、レンズは埃塗《ほこりまみ》れだった。作動していないのだろう。

本来、レンタルルームは貸会議室として使われていた。しかし、ラブホテル代わりに使用するカップルが増えた。麻薬の取引場所として使われてもいるようだ。

そんなことで、レンタルルーム経営者は防犯カメラを意図的《いとてき》に作動させなくなったのではないか。好都合だ。

津坂はあたりに人の目がないことを確かめてから、上着のポケットから盗聴器セットを取り出した。俗に〝コンクリート・マイク〟と呼ばれている商品で、秋葉原《あきはばら》の電器店街で購入したセットだ。

それほど高くない。集音マイクは吸盤型で、受信器は手帳ほどの大きさだ。イヤフォンは耳栓型だった。

津坂は受信器を胸ポケットに突っ込み、二本のコードを抓《つま》み出した。イヤフォンを左耳に嵌《は》め、集音マイクをエレベーターホール寄りのレンタルルームの壁板に押し当てる。

五人の男女の声がした。遣《や》り取《と》りから、読書会の集まりとわかった。ガルシア・マルケスの小説の読後感を述べ合っている。

津坂は横に移動した。

隣のブースでは、盗撮マニアたちが情報交換をしていた。男は四人だった。駅のエスカレーターで女性のスカートの中を動画撮影した画像を観《み》せ合っているようだ。

津坂はレンタルルームのドアを勝手に開け、歪《いびつ》な趣味を持つ男たちを怒鳴《どな》りつけたい衝動に駆られた。だが、そんなことをしている暇《ひま》はない。

三番目のブースの壁板に集音マイクを押し当てる。人の話し声は伝わってこない。誰もいないのだろう。

四番目のレンタルルームに移る。

女の喘《あえ》ぎ声が耳に届いた。男の息遣いも、はっきりと聴こえる。どちらも若いようだ。二人はペッティングに耽《ふけ》っているのか。それとも、もう体を繋ぎ合っているのだろうか。どちらにしても、男は坪内ではないはずだ。

津坂は最後のブースの壁面に集音マイクを這《は》わせた。男同士の会話が洩れてくる。津坂は耳をそばだてた。

——川戸さん、なんとか一千万円を借りられないだろうか。

——無理ですよ。いまのわたしは文無しに近いからね。焼死した三人の入所者に五十万円の香典を包んだら、ほとんど『くつろぎの家』の預金は底をついてしまったんです。

——近いうちに『日新損保』から八千万の火災保険金が下りるんでしょ？

——保険金が下りるかどうかわかりません。殺された顧客調査課の長沢がどうも怪しんだらしく、『日新損保』はもう少し時間をくれと言ってきたままなんですよ。もしかしたら……。

——おどおどすることはない。『グロリア電気』のパネルヒーターに欠陥があったから、グループホームが全焼してしまったんだ。そう、そうなんだよ。

——坪内さん……。

——もう何も考えないことだ。

——しかし、パネルヒーターのコードは完全に溶けてしまったわけじゃないでしょ？

——その話は、もういいじゃないか。そのうち火災保険金は必ず下りるだろう。だから、わたしに一千万円を貸してくれないか。あちこちに負債があって、このままでは不渡り手形を切ることになる。そうなったら、もう銀行とは取引できなくなってしまう。そして、倒産に追い込まれるな。川戸さん、頼むよ！

——頭を下げられても、こちらにも余裕がないんですよ。グループホームの建物を新たに建てるには、とても八千万円では足りません。

——三人も焼死者が出たんだから、大岡山《おおおかやま》の土地を売って郊外に新しい施設を建てたほうがいいと思うがな。川崎市か横浜市の外れなら、緑の多い地域に広い土地を確保できるでしょ？

——大岡山の土地は、父が苦労して手に入れたんです。わたしが相続したのですが、売ったら、死んだ両親が悲しむでしょう。弟や妹も、がっかりするにちがいありません。

——川戸さん、よく考えてみなさいよ。火事を出した場所にまたグループホームを建設したら、近所の連中がいい顔しないだろう。思い入れはあるだろうが、この際《さい》、移転したほうがいいって。土地の安い所を選べば、売却金で上物《うわもの》もできるんじゃないのかな。火災保険金は丸々、浮くんじゃないの？

――親父《おやじ》から相続した大岡山の土地を手放す気はありません。周辺の住民は反対するでしょうが、元の場所に『くつろぎの家』を建てたいんですよ。

――その気持ちはわからないこともないけど、入所者が三人も焼け死んだ土地に新しい施設をこしらえても……。

――なんです？

――入所希望者が集まらないんじゃないのかな。思い切って郊外に『くつろぎの家』を移転させて、無借金経営をしなさいよ。そのほうが賢明だって。

――坪内さんがどうアドバイスしてくれても、わたしは聞き入れませんよ。

――強情だな。川戸さんは、自由《じゆう》が丘《おか》でスタンド割烹《かっぽう》をやってる彼女とはいったん切れた振りをしただけで、いまも愛人にしてるんでしょ？　彼女の名前は、穂刈志帆《ほかりしほ》さんだったかな。三十四歳で、熟《う》れきってる。川戸さんに二回ほど店に連れてってもらっただけだが、横奪《ど》りしたくなるようないい女だった。奥さんを騙《だま》して、こっそり女将《おかみ》とつき合ってるのは……。

――坪内さん、何を考えてるんです⁉

――穂刈志帆さんのことを奥さんに喋ったら、夫婦関係がまずくなるだろうね。熟年離婚する羽目になるかもしれないな。

——あ、あなた、わたしを脅迫してるんですかっ。

——そう受け取ってもらっても、別にかまわない。川戸さん、数日中に一千万円を都合つけてくれるね？

——そんな大金、工面《くめん》できるわけないでしょ！

——一千万円は借りるだけだよ。恐喝を働く気はない。

——坪内さん、わたしたちは運命共同体なんですよ。そのことを忘れてるんじゃありませんか。

——運命共同体だって？

——いまさら白々しいですよ。わたしたちは、お互いに弱みを握り合ってるんです。あなたがわたしの浮気を妻に教えたら、こちらも牙を剝《む》きますよ！

——わたしに弱みなんかない。

——坪内さん、あなたはわたしに悪知恵を授《さず》けましたよね？

——さて、なんのことかな。

——とぼけないでください。『グロリア電気』の旧型パネルヒーターに細工をして出火したように見せかければ、火災保険金で施設を建て直すことは可能だと……。

——そんなことを言った覚えはないな。

――坪内さん、汚いじゃないか。あなたの入れ知恵に従って、わたしはパネルヒーターがショートしやすいように電気コードに大型カッターナイフで切れ込みを入れ、少し折り曲げておいたんだ。

――あんた、そんなことをしたのか⁉　だったら、火災保険金を狙った放火だな。いや、三人の高齢者が焼死してるんだから、放火殺人になる。捕まったら、死刑は免《まぬが》れないだろう。

――坪内さんは共犯者じゃないか。

――聞き捨てにはできない台詞《せりふ》だな。わたしがあんたを唆《そそのか》したようなことを口走ったと言ったが、それを立証できるの？

――坪内さんとの会話をＩＣレコーダーか何かで録音してたわけじゃないんで、証拠を示せと言われても……。

――川戸さんが言ったことは、ただの妄想《もうそう》と受け取られるにちがいない。

――違うよ！　あなたはライバル関係にある『グロリア電気』のイメージダウンを狙って、旧型パネルヒーターの発火で『くつろぎの家』が焼け落ちたことにしたかった。それで、わたしに悪知恵をつけたんじゃないかっ。

――わたしがそういうことを言った証拠はどこにもないよな。そうだろ？

——帰る。帰らせてもらう！

——奥さんと離婚するだけでは済まなくなるんだよ。あんたは保険金が欲しくて、自分のグループホームを火事にしたんだからな。しかも、逃げ遅れた三人の入所者を焼死させた。罪深いことをしたもんだ。

——穂刈志帆とまだ縁が切れてないことを妻に告げ口したいんだったら、そうすればいいさ。ただ、そうしたら、あなたも……。

——川戸さん、頭を冷やしなさいよ。わたしは、それだけでは済まないと言ったはずだ。

——こっちは三人も焼死させるという計算違いをしてしまったが、警察に捕まったら、あなたと共謀したことを言ってやる。わたしを唆したのは坪内さんなんだ。主犯は、あなたってことになるんですよ！　とにかく、帰らせてもらう。

——浮かせた腰を椅子に戻すんだっ。

——果物ナイフなんか取り出して、なんの真似なんです？

——川戸、坐れ！　逃げようとしたら、このナイフで刺すぞ。三日以内に一千万円を用意しろ。いいな？

——そんな金は工面できない。はっきりと断る。わたしだって、そちらの弱みを知ってるんだ。刺す気配を見せたら、一一〇番します。

——そんなことをしたら、あんたは身の破滅だぞ。

——あなたも同じですよ。

——駆け引きしてるわけか。わかったよ。工面するのは五百万円でいい。金を用意してくれたら、穂刈志帆って愛人のことは奥さんには内緒にしといてやる。

——妻に密告してもいいですよ。わたしは絶対に脅迫には屈しない。

——そういうことなら、あんたをここで殺すほかないな。

——正気なのか⁉

——もちろんさ。あんたがこの世から消えれば、かえって都合がいい。『グロリア電気』のイメージは悪くなっただろうし、こっちの目的は達成できた。そこを動くなよ。

——やめろ、やめてくれーっ！


川戸の怯《おび》えた声がして、会話が途切れた。

津坂は盗聴器セットを上着のポケットに収め、レンタルルームのドアを押し開けた。

果物ナイフを握った坪内が、椅子に坐った川戸に迫りかけていた。

「刃物を床《ゆか》に落とせ！」

津坂は坪内に命じた。

「きさま、誰なんだ？」

「警視庁の者だ」

「刑事が単独で動くわけない。偽刑事だな」

坪内が果物ナイフを振り翳《かざ》し、津坂に向かってきた。全身に殺意が漲《みなぎ》っている。

「やめとけ！」

「おまえから先に殺《や》ってやるっ」

「世話を焼かせやがって」

津坂は身を屈《かが》め、両手でテーブルを強く押した。坪内が後ろに倒れた。川戸が椅子から離れ、ブースの隅に退避《たいひ》した。

「くそっ」

坪内が起き上がって、刃物を斜め上段に構えた。刃渡りは十三センチほどだった。

津坂は上着のインナーポケットに片手を伸ばした。

ポケットの内側には、手製のホルダーが縫《ぬ》いつけてある。ホルダーには、三本のアイスピックと一個のブーメランが入っていた。

「模造警棒でも出す気か？」

「外れだ」

「きさまを刺す！」

坪内が喚《わめ》くなり、テーブルを回り込んできた。

津坂はアイスピックを引き抜き、投げ放った。アイスピックは、坪内の右の二《に》の腕に突き刺さった。坪内が呻いて、利き腕を下げた。手の先から果物ナイフが落ちる。

津坂は坪内に駆け寄り、荒々しく突き倒した。刃物をテーブルの下に蹴り込み、倒れた坪内の顎《あご》を蹴り上げる。骨と肉が鈍《にぶ》く鳴った。

津坂は屈み込んで、アイスピックを引き抜いた。先端から血の粒が滴《したた》った。

「おたくたちの話は盗聴器で聴いた。二人が共謀して『くつろぎの家』を火事にさせたんだなっ」

「なんの話だ？」

坪内が唸《うな》りながら、空とぼけた。津坂はアイスピックを坪内の右の太腿に突き立て、左右に抉《こじ》った。

坪内が動物じみた声を発し、長く呻いた。四肢《しし》も縮めた。

「もう一度訊く」

「質問の意味がわからんな」

「粘っても無駄だ」

津坂はアイスピックを抜き、今度は左脚の腿に突き入れた。坪内が歯を剥《む》いて唸った。

「アイスピックをまだ二本持ってる。残りを腹部に突き立てるぞ。それとも、面《つら》を血みどろにしてやろうか」

「もう刺さないでくれーっ。痛くて死にそうだ」

「それだけ喋れれば、死にやしない。最初は腹を刺す」

「勘弁してくれ。川戸が旧型パネルヒーターのコードに細工して、発火させたんだ」

「悪知恵を授けたのは、あんたなんだろ？」

「……………」

「答えたくなるようにしてやろう」

津坂はアイスピックを深く沈めた。坪内は恐怖心と痛みに耐えられなくなったのか、川戸を唆《そその》かしたことを吐いた。

「あんたたちは悪事を『真相ジャーナル』の新谷記者に暴《あば》かれそうになったんで、先月の八日、誰かに始末させたんじゃないのか？」

「そんなことはさせていない。川戸、黙ってないで、何か言ってくれーっ」

「どうなんだ？」

津坂は川戸に顔を向けた。

「わたしたちは、誰にも殺人なんか頼んでませんよ」

「『日新損保』の長沢の事件にも関与してないのか?」

「もちろんですよ」

「あんたの言ったことが事実かどうか、体に訊いてみよう」

「それ、どういう意味なんだ?」

川戸が小首を傾《かし》げた。

津坂は返事をしなかった。素早くブーメランを抜き取り、水平に泳がせた。ブーメランは川戸の片方の頬を浅く傷つけ、津坂の手許に戻ってきた。

「嘘じゃないんだ。信じてくれないか」

川戸が頬に手を当て、震え声で訴えた。指の間に赤いものが見える。血だった。

どうやら二人は、新谷と長沢の死には絡んでいないらしい。刑事部長に電話をかけ、半田の直属の部下に坪内と川戸の身柄を引き渡すべきだろう。

津坂はアイスピックとブーメランの血を入念に拭《ぬぐ》ってから、懐のスマートフォンを取り出した。

覆面パトカーが闇に紛《まぎ》れた。

2

スカイラインの後部座席に乗せられた坪内と川戸は前手錠を打たれて、ともにうなだれていた。警視庁の取調室では、犯行を全面自供するだろう。その後、所轄署に護送されるはずだ。

津坂はBMWの運転席に乗り込んで、エンジンを唸らせた。

シフトレバーをD《ドライブ》レンジに入れかけたとき、友香梨から電話がかかってきた。

「今夜も達也さんの部屋に押しかけたい気分なんだけど、迷惑かな？」

「そんなことはないが、副業の依頼で動きはじめてるんだよ」

「そうなの。また失踪人捜し？　それとも、公金拐帯犯の潜伏先を突きとめてほしいって依頼なのかしら？」

「先月八日の夜、『真相ジャーナル』の新谷健吾という記者が渋谷区鉢山町の裏通りで刺殺されたよな？」

「ええ。凶器は、畳針のような形状をした特殊針だったと思うけど」

「そう。渋谷署に置かれた捜査本部がいまだに容疑者を割り出してないんで、『風の声社』の岩崎社長がおれに真犯人を早く見つけてくれと依頼してきたんだよ」

津坂は後ろめたさを感じつつも、作り話を澱《よど》みなく喋った。

「そうなの。個人的にだけど、久しぶりに殺人事件の捜査ができるのね」

「それで、ちょっと張り切ってるんだ。従弟に店を任せっ放しにするのは心苦しいんだが、元刑事の血が騒いだんで……」

「依頼を引き受ける気になったのね？」

「そう」

「西麻布の路上で殺された『日新損保』の長沢という社員は、新谷記者の高校時代の後輩だったんでしょ？」

「そうなんだよ」

「二つの殺人事件は、どこかで繋がってるんじゃない？」

「その可能性はゼロじゃないと思う」

「わたし、達也さんに協力しちゃう。職務は判子を捺《お》すことが多くて、いつも物足りなさを感じてたの。だから、手伝わせて」

「副署長の要職に就《つ》いてるのに、いまは民間人のおれに情報を流すのはまずいだろう？

手が足りないときは、沖に協力してもらうよ」

「あら、これまでにも警察情報を漏らしてきたじゃないの。いまになって、なんでそんなことを言うわけ？ もしかしたら、別の女性に気が移ったんで、わたしから少しずつ遠ざかろうとしてるのかな」

「おれは友香梨に惚《ほ》れてる。ほかの女に乗り換えるわけないじゃないか。友香梨に失点を与えたくないんだよ」

「わたしは一応、キャリアだけど、出世欲なんかない。だから、仮に達也さんに協力してることがバレたとしてもへっちゃらよ。少しでも達也さんの力になりたいの。それに、もともと優等生なんかじゃない。ルールを破ることには、ほとんど抵抗はないの。それどころか、ワクワクするわね」

友香梨が言った。

「惚れ直したよ」

「そんなことを言ってると、エンゲージリングをねだっちゃうわよ」

「えっ」

「冗談だから、安心して。わたし、結婚願望はないの。でも、達也さんとはずっと離れたくないわ」

「おれも同じ気持ちだよ」

「ね、協力させて」

「無理しない範囲で力になってくれれば、ありがたいね」

「ええ、そうするわ」

「そういうことなんで、何日か会えなくなるかもしれない。悪いな」

津坂は電話を切って、車を走らせはじめた。

北新宿をめざす。『北新宿スカイコーポ』を探し当てたのは三十数分後だった。

津坂はBMWを江守憲三の住むマンションの近くの路上に駐《と》めた。運転席を離れ、保険金詐欺グループの主犯格の自宅に向かう。

『北新宿スカイコーポ』の表玄関はオートロック・システムにはなっていなかった。管理人室も見当たらない。津坂はエントランスロビーに足を踏み入れ、エレベーターで五階に上がった。五〇五号室はホールの左手にあった。

津坂は江守の部屋に近づいた。

象牙《ぞうげ》色のスチール・ドアに耳を押し当てる。テレビの音声が伝わってきた。どうやら部屋の主は自室にいるようだ。

津坂は白い布手袋を両手に嵌《は》めると、長袖シャツの胸ポケットからピッキング道具を引き抜いた。片方は編み針状の形で、もう一方は平たくて細長い。

津坂は鍵穴に二本の金具を挿《さ》し入れた。右手首を捻《ひね》ると、金属と金属が嚙《か》み合った。

さらに右手を回す。内錠が外れた。

津坂はピッキング道具を引き抜き、そっとノブを手繰《たぐ》った。ドアのチェーンは掛けられていない。

津坂はドアを細く開け、玄関の三和土《たたき》に身を滑り込ませた。

耳に神経を集める。江守はテレビを観《み》ているようだ。ほかに人のいる気配は伝わってこない。間取りは1LDKだろう。

津坂は靴の踵《かかと》を擦り合わせて、先に右足を浮かせた。そのとき、奥でスマートフォンの着信音が響きはじめた。津坂は息を殺して、動きを止めた。

部屋の主がスマートフォンを手に取った。

「米倉《よねくら》か。どうした？　明日の仕事の段取りの確認だよな」

「…………」

当然ながら、通話相手の声は津坂の耳には届かない。

「予定通りにやってもらう。おまえは、森村《もりむら》が運転するワゴン車の土手っ腹にアルファードを突っ込むんだ。いいな？　四十キロ弱のスピードがいいね。それ以上の速度だと、かなり怪我をするだろうからな」

「…………」

「おまえ、いつもと様子が違うね。まさか脱《ぬ》けたいなんて言いだすんじゃねえんだろうな？」

「…………」

「そんな気はねえってか。おれもそうだが、おまえら四人も前科《ホシ》をしょってるんだ。足を洗ったたって、仕事にありつけっこねえ」

「…………」

「この先も仕事はつづけてえなら、もっと元気を出せや。陰気臭い声を出すなって」

「…………」

「少し仕事を休まねえと、いつかバレちまうんじゃねえかって？　米倉は、そんなことを心配してたのか。気が小《ちい》せえな」

「…………」

「おい、ビビるなって。木下先生は、れっきとした外科医なんだ。そのドクターが診断書を出してるんだから、損保会社は文句のつけようがねえだろうがよ」

「…………」

「『日新損保』にちょっと怪しまれたけど、警察《サツ》が動いたわけじゃねえ」

「………」

「一億数千万しか保険金をいただけなかったのは、誤算だったよな。楽に二億円は稼げると思ってたが、顧客調査課がチェックし直したようだから、別の損保会社を狙うことになった」

「………」

「『平和《へいわ》損保』や『東日本《ひがしにほん》損保』には、少しも疑われてないはずだ。どっちも、すんなり保険金の支払いに応じたからな」

「………」

「おまえ、いつから臆病になったんだよ。四人の中では一番大胆だったのに、どうしちまったんだ？」

「………」

「悪い予感がするって？　臆病風に吹かれやがって、だらしがねえな。おまえ、一緒に暮らしてる長距離トラックの女ドライバーに何か言われて、堅気になる気になったんじゃねえのか。そんなことさせねえぞ。米倉が足を洗ったら、おれたちは枕を高くして眠れなくなる」

「…………」

「なぜって、おまえに密告《チンコロ》されるかもしれねえだろうがよ」

「…………」

「仲間を裏切ったりしないと言われても、おれたち四人は安心できねえ。おまえがグループから外れようとしたら、森村たち三人におまえを殺《や》らせるぞ。ついでに、同居してる女も片づけさせる」

「…………」

「足を洗う気がないんだったら、おれの指示に従え！　おれたちには木下先生がついてるんだ」

「…………」

「ドクターがおれたちを警察に売るなんてことは考えられねえ。先生には、ちゃんと分け前をやってるからな」

「…………」

「木下先生にも弱みがあるわけだから、おれたちを売りっこねえさ。米倉、あれこれ心配してねえで、ちゃんと仕事をこなせ。わかったなっ」

江守が通話を切り上げた。

津坂は靴を脱いで、玄関マットの上に立った。短い廊下の先はリビングになっている。仕切りドアは半開きだった。

居間の左手にダイニングキッチンがあるようだ。寝室は右手にあるのだろう。

津坂は仕切りドアを押し、リビングに入った。長椅子に腰かけてテレビの画面に目を向けていた五十五、六歳の男が、弾《はじ》かれたように立ち上がった。

浅黒く、貧相な顔立ちだった。どちらかといえば、小柄なほうだろう。長袖シャツをだらしなく着込んでいる。下は灰色のチノクロスパンツだった。

「どうやって部屋に入ったんだ⁉」

「ピッキング道具を使って、入らせてもらった。あんた、江守憲三だな？　当たり屋崩れの保険金詐欺グループの親玉だよなっ」

「なんで、おれの名を知ってるんだ⁉　何者なんだよ？」

「押し込み強盗じゃない。金品を奪う気はないから、騒ぎたてるな」

「ふざけるなっ」

江守がベランダの手前まで走って、ゴルフのクラブバッグを開けた。アイアンのクラブを引き抜き、中段の構えをとった。

「クラブを振り回したら、こっちも手荒なことをするぞ」

「無断で部屋に侵入して、でかい口をたたくんじゃないっ」

「一一〇番してもいいぜ」

「……………」

「四人の手下にわざと交通事故を起こさせて、損保会社から保険金を詐取してるわけだから、警察を呼ぶことはできないか。外科医院をやってる木下良純に偽の診断書を何枚も書いてもらってることも調べはついてる」

「おまえ、刑事《デカ》なのか⁉」

「その質問にはノーコメントだ。クラブをバッグに戻して、長椅子に坐れ！」

「おれに命令するんじゃねえ」

「痛い目に遭《あ》ってもいいんだなっ」

津坂は江守を睨《にら》みつけた。

江守がアイアンクラブを×印に動かしながら、間合《まあい》を詰めてくる。

津坂はあえて後退しなかった。相手を挑発して、早く勝負をつけたかったからだ。

案の定《じょう》、江守が殺気立った。前に跳《と》んで、ゴルフクラブを水平に薙《な》ぐ。

風切り音は高かったが、ヘッドは津坂から四十センチ近く離れていた。単なる威嚇《いかく》だったにちがいない。

津坂は大胆にステップインした。

誘いだった。予想通りに、江守が斜め上段からアイアンクラブを振り下ろした。

津坂は数歩後退して、上着の内側からブーメランを取り出した。フリスビーのように投げる。

ブーメランは宙《ちゅう》を舞い、江守の胴を掠《かす》めた。

江守が短く叫び、その場にうずくまった。津坂は戻ってきたブーメランをキャッチすると、江守に駆け寄った。相手の鳩尾《みぞおち》に前蹴りを見舞う。

江守が呻《うめ》きながら、横倒しに転がった。津坂はフロアに落下したアイアンクラブを拾い上げ、ブーメランをホルスターに収めた。

江守が這《は》って逃げる動きを見せた。

津坂は江守の腰を蹴りつけた。江守は前にのめり、腹這う形になった。津坂は江守の腰を踏み押さえながら、クラブのヘッドを後ろ首に据《す》えた。そのまま、徐々に力を加えていく。

「く、苦しい！　首の骨が砕《くだ》ける。ヘッドをどけてくれ」

江守がもがきながら、泣き言を口にした。

「あんたと木下が共謀して、『真相ジャーナル』の新谷記者を葬る気になったんじゃないのか？」

「おれは、その記者の事件にはタッチしてねえよ。新谷健吾って記者がおれたちの身辺を嗅《か》ぎ回ってたんで、危《ヤバ》いとは感じてたけどな」

「そのことは、外科医の木下良純も知ってるのか？」

「知ってるはずだよ。おれが新谷健吾のことを話したからな。その数日後に先生も、新谷に動きを探《さぐ》られたと不安がってた」

「ひどく不安がってる感じだったのか？」

津坂は訊いた。

「ああ、そうだったな。木下先生はおれたちと違って、社会的地位の高い仕事をしてる。疚《やま》しいことが発覚したら、最悪の場合は医師免許を剝奪されるんじゃねえのか？」

「木下は偽の診断書をどのくらい出してくれたんだ？」

「それは……」

「言わなきゃ、首の骨をへし折ることになるぞ」

「そ、そんなことはしねえでくれ」

「言うんだっ」

「四十四枚の診断書を貰ったよ」

「『日新損保』に提供したのは、すべて偽診断書だったんだなっ」

「うん、まあ」

「顧客調査課で働いてた長沢圭太は偽診断書と見破って、あんたのグループと外科医の木下をマークしてたと考えられる。その長沢は何者かに西麻布の裏通りで刺殺された。そっちと木下のどちらかが、長沢殺しに関わってても不思議じゃない」

「待てよ。おれは、新谷と長沢の事件にはまったく絡んでないよ。木下先生がネットの裏サイトで殺人《コロシ》の実行犯を見つけて、新谷たち二人を片づけさせたのかもしれねえけどさ。おれはシロだって」

「あんたが正直に受け答えをしたかどうか、これから確かめてみよう」

「ドクターのとこに行くつもりなんだな?」

「そういうことだ。しばらく眠っててくれ」

「どういう意味なんだよ?」

江守が訊いた。

津坂は黙したまま、アイアンクラブを長椅子の向こうに投げ放った。床が高い音をたてた。津坂は江守の腋の下に両腕を差し入れ、一気に引き起こした。すぐに江守の喉元に右腕を密着させ、強く圧迫する。

柔道の裸絞めだ。ほどなく江守は意識を失った。ぐったりとした部屋の主を仰向《あおむ》けに寝かせ、津坂は五〇五号室を出た。

マイカーに乗り込み、『木下外科クリニック』に急ぐ。情報屋の小寺から、クリニックの所在地は教えてもらっていた。

ほんのひとっ走りで、目的の外科医院に着いた。電灯は点いている。木下は闇治療中なのではないか。

津坂はＢＭＷを路肩《ろかた》に寄せ、クリニックのドアを押した。

待合室は明るかったが、人っ子ひとりいない。看護師の姿も目に留《と》まらなかった。

津坂は受付の前を抜けて、診察室に向かった。ドアに耳を押し当てると、パソコンのキーボードを叩く音がした。パソコンに向かっているのは外科医だろう。

津坂は診療室の白い引き戸を横に払った。五十年配の白衣姿の男がパソコンを操作中だった。

「木下先生でしょ？」

津坂は声をかけた。

「そうだが、おたくは？」

「関東仁友《じんゆう》会小倉《おぐら》組の者なんだが、弟分が三十分ほど前に小指を飛《エンコ》ばしたんだよね。切断した指の先っぽは、氷漬けにしてある。いくら出せば、縫合《ほうごう》手術をしてもらえるんだい？」

「ナースたちが帰ってしまったから、今夜は無理だよ」

「そこをなんとかしてもらえないか。おれが目をかけてる若い者《もん》なんだ。弟分は車の中で待たせてあるんで、すぐに看護師を呼んで手術してもらいたいんだよ。金はかかってもかまわない」

「高くつくよ。二百五十万円用意してくれれば、おたくの弟分の指をくっつけてやってもいい」

　木下が言った。

「足許《あしもと》見てるね、先生は」

「手術代が高いと思うんなら、別の外科医院に行ってくれ。その種の縫合手術を引き受けるドクターは、わたしのほかにはいないと思うがね。誰も組員たちとは関わりたくないからな」

「先生は欲が深いね。負けたよ。二百五十万を用意しよう」

　津坂はアイスピックをそっと引き抜き、木下の背後に回った。半白の頭髪を鷲摑《わしづか》みにして、アイスピックの先端を外科医の右耳の奥に突っ込む。

「おい、何をする気だっ」

「暴れると、鼓膜《こまく》が破れるぞ。側頭葉《そくとうよう》も傷つくだろう」

「金が欲しいんだな。十万や二十万円なら、くれてやる」

「確認したいことがあるだけだ。あんた、江守たちのグループに偽の診断書を渡して保険金詐欺の片棒を担いでることを『真相ジャーナル』の新谷に知られたんで、葬ったんじゃないのかっ。それから、『日新損保』の長沢って社員も誰かに始末させた疑いがあるな。おれは、あんたを怪しんでる人物から悪事のすべてを教えてもらったんだよ」

「おたく、やくざなんかじゃないな。刑事なのか？」

「こんなことを平気でやる刑事がいたら、とうに懲戒免職になってるだろう」

「ま、そうだろうな。おたく、一匹狼の恐喝屋らしいね。江守に泣きつかれて仕方なく何枚かインチキな診断書を渡したことは認めるよ」

　木下が言った。

「仕方なく偽診断書を書いたって？　もう調べはついてるんだっ。あんたは分け前を貰って、江守たちのグループに協力してた。そうだろうが！」

「本当に……」

「アイスピックを奥まで突き入れてやろう」

「やめろ！　おたくの言った通りだよ」

「新谷と長沢の二人は、あんたが殺し屋《プロ》にやらせたのか？」

「わたしは誰にも人殺しなんかさせていない。信じてくれーっ」

「正直になれよ」

津坂はアイスピックの先を耳の奥まで差し込んだ。

先端が鼓膜に触れたのか、木下が凄《すさ》まじい声をあげた。それでも、自分は殺し屋を雇っていないと言い張った。演技をしつづけるだけの余裕はないだろう。二件の殺人には、木下は関与していないと判断してもよさそうだ。

津坂はアイスピックを引っ込め、無言で診察室を出た。ＢＭＷに乗り込んでから、半田刑事部長に電話をかける。

ツーコールで、通話可能状態になった。津坂は経過を報告し、木下と江守たち一味の犯罪をつぶさに語りはじめた。

3

煙の輪が上昇していく。

津坂は口をすぼめて、ふたたび煙草の煙を吐き出した。下唇をやや突き出す恰好《かっこう》だった。ドーナッツ状の輪は揺らめきながら、天井に向かった。そして、天井でゆっくりと拡散した。考えごとをしているときの癖だった。

津坂は自宅マンションのリビングソファで紫煙をくゆらせていた。

木下良純と江守憲三が緊急逮捕された翌日の午後三時過ぎである。正午過ぎに半田刑事部長から電話があって、木下たちは二つの殺人事件には関与していないことが明らかになったと聞いていた。要するに、空振りだったわけだ。

津坂は少し気落ちしていた。

木下と江守が共謀して誰かに新谷と長沢を殺させたと確信していたわけではなかった。それでも、木下たち二人を疑える点はあった。心証はクロに近かった。だが、シロと判明した。

捜査の勘が鈍《にぶ》ったと考えられる。つまり、迷走してしまったわけだ。そのことを恥じる気持ちが消えない。忌々《いまいま》しくもあった。

セブンスターの火を灰皿の底で揉み消していると、部屋のインターフォンが鳴り響いた。

津坂はソファから立ち上がって、壁に掛かったインターフォンの受話器を外した。来訪者は友人の沖だった。津坂は玄関ホールに急いだ。半田の話を聞いた後、沖に電話で木下と江守は二件の殺人事件には絡んでいないことを伝えてあった。

津坂はドアを開け、沖を請《しょう》じ入れた。

「おまえは左党だが、たまには甘いものを喰ったほうがいいよ。糖分は気分を明るくさせるらしいからな。大福とみたらし団子《だんご》を買ってきたんだ」

友人が手土産《みやげ》を差し出した。津坂は手土産を受け取り、沖を居間のソファに坐らせた。それから手早く緑茶を淹《い》れ、貰った和菓子を供す。

沖は酒好きだが、ケーキや和菓子も嫌いではなかった。すぐに大福を頬張りはじめた。

津坂は友人と向かい合うと、みたらし団子の串を手に取った。

「大福もうまいぞ。十勝《とかち》産の小豆《あずき》を使ってるし、甘みは控え目なんだ」

「後で、いただくよ。それより、沖、悪かったな。長沢の実家にまで行ってもらったのに、空振りになってしまってさ」

「津坂、気にすんなって。木下と江守の二人はシロだったが、二件の殺人事件はきっとリンクしてるにちがいない。『真相ジャーナル』の記者だった新谷は、高校の後輩に取材関係の写真や録音音声を預けたのかもしれないぞ」

「新谷は自分の身に危険が迫ったことを感じて、そうしたんだろうか」

「考えられると思うよ」

「沖の筋読み通りなら、長沢圭太は先輩の新谷記者から預かった物をどこかに保管してたんだろう」

「津坂、本庁機動捜査隊か麻布署刑事課にそれとなく探《さぐ》りを入れてみろよ。どちらにも知り合いがいるよな？」

「ああ」

「長沢は、新谷から預かった物を自宅のどこかに隠してたんじゃないだろうか。待てよ。もしかしたら、大事をとって音声データの類《たぐい》を長沢は親兄弟か友人に預けたのかもしれないな」

「そういうことも考えられるか。長沢が顧客調査課に所属してたんで、保険金詐欺絡みの殺人とつい思い込んでしまったが、沖の推測通りなんだろう」

「坪内、川戸、木下、江守の四人は新谷と長沢の死には関わってなかったんだから、犯行目的は保険金絡みじゃないな」

「そう判断すべきだろう」

「おれ、『風の声社』に行って、『真相ジャーナル』の神尾編集長に会ってみようか。新谷の取材対象をすべて教えてもらえば、必ず新たな手がかりを得られる気がするんだ」

「おれがもう一度、神尾さんに会ってみるよ。高見護というフリーライターと称して岩崎社長と神尾編集長に接触したんで、多分、協力してもらえるだろう」

「そのほうがよさそうだな」

沖が日本茶で喉を潤《うるお》し、今度はみたらし団子を食べはじめた。津坂も緑茶を飲んだ。

「新谷がスクープしようと取材してた事柄を教えてもらったら、二人で手分けして関係者を洗ってみよう」

「沖、自分の仕事を優先してくれ。おれが引き受けた事件《ヤマ》なんだからさ」

「差し当たって急がされてる原稿はないから、まだ動けるよ。それに、新谷殺しの加害者を突きとめるチャンスじゃないか。新聞社やテレビ局を出し抜けたら、犯罪ジャーナリストとして株が上がるはずだ」

「だろうな。それじゃ、おまえにもうしばらく手伝ってもらうか」

「いいとも」

「沖に少し金を渡しておこう。動き回るには交通費や飲食代なんかが必要だからな」

「金には困ってないんだ。二月に共通の知り合いの吉見《よしみ》徹《とおる》殺しの犯人捜しをおまえと一緒にやったよな？」

「ああ。正義感の強い監察官殺しには、直属の上司と警察庁の特別監察官が深く関わってた。事件の首謀者のキャリアは歪んだ野望に取り憑かれて、自滅することになってしまった」

「そうだったな。あの事件が解決した直後、おれ、ダウンパーカの内ポケットに百五十万円の入った封筒があることに気づいたんだよ」

沖が言った。津坂はポーカーフェイスを崩さなかったが、内心、驚いていた。その百五十万円は彼が入れたのである。

半田から貰った成功報酬の半金を協力者の友人に与えたわけだ。ダウンパーカの内ポケットにこっそり札束を入れなければ、沖は只働きをすることになっていただろう。もともと金銭欲はない男だった。

「おれが百五十万円の現金を持ち歩くことはないから、万札入りの封筒は文英社《ぶんえいしゃ》の書籍出版部の副部長が書下しノンフィクションの印税を前払いしてくれたんだろうか」

「そうなのかもしれないな」

「ありがたいことだが、厚意に甘えたくないな。折を見て、副部長に探りを入れてみるよ」

「そうか。金が必要なときはいつでも言ってくれ」

「心強いよ、そう言ってもらえると。けど、いまは大丈夫だよ」

沖がそう言い、茶を飲み干した。津坂は緑茶を注ぎかけたが、友人は腰を上げた。編集者との打ち合わせが控えているらしい。

沖が辞去した。例の百五十万円は宙に浮くことになりそうだ。後日、なんらかの形で埋め合わせをしよう。津坂は着替えをすると、部屋を出た。エレベーターで地下駐車場に降り、ＢＭＷに乗り込む。

津坂は車を発進させ、代々木に向かった。『風の声社』に着いたのは、二十数分後だった。岩崎社長は外出していた。『真相ジャーナル』の神尾編集長は面会に応じてくれた。

津坂は編集部の隅にあるソファセットで、神尾と向かい合った。

「その後、何かわかりました？」

「怪しい人物が四人いたんですが、いずれも新谷さんの事件ではシロでした」

「四人とも事件には関与してなかったってことですね」

神尾が確かめる口調で訊いた。津坂はうなずき、手短に経過を話した。

「『京和電工』の坪内社長と『くつろぎの家』の川戸は放火殺人の容疑で起訴されるだろうが、新谷殺しではシロのようだな。外科医の木下と江守一味も保険金詐欺罪で立件されるだけなのか」

「神尾さん、新谷さんが告発しようと取材を進めてた件で気になることはありませんかね？」

「新谷は、中国産の水産物、野菜、菓子、調味料の大半が日本の食品衛生法に違反してる事実を取り上げ、輸入商社のモラルの低下と金儲け主義を斬る気でいたんです」

「中国産食品が汚染されてる事実は何年も前からマスコミで報じられてきましたよね？」

「ええ。日本の全輸入量の約十八パーセントを中国産の水産物が占めてるんですよ」

「そんなに多いんですか」

「アサリ、ハマグリなど貝類からは、プロメトリンという除草剤が検出されています。農地から染《し》み出た農薬が川に流れ込んで、海まで汚染が及んだせいですよ。工業排水の垂れ流しによって、中国の河川や海は重金属類で汚れてるんです。糞尿による汚染も深刻です」

「養殖の海老《えび》や河豚《ふぐ》には大量の抗菌剤が投与されてるようですね」

「海老の背わたには、毒性物質がたまりやすいんです。活鰻《かつまん》には、マラカイトグリーンという合成抗菌剤が使われてる。もちろん、人体にはよくありません。魚肉練り製品のほとんどから大腸菌群が検出されていますし、冷凍かきフライからは下痢性貝毒が出てる。剝き身《む》海老からは、スルファメトキサゾールが検出されました」

「社員食堂や安い外食チェーン店の海老の大半は中国産でしょ？」

「ええ、そうですね。だから、要注意です。汚染されてるのは水産物だけじゃありません。中国米にカドミウムが含まれてる場合が少なくないんです。ピーナッツ、小松菜《こまつな》、レンコンの水煮、ブロッコリー、ねぎ、アスパラガス、ピーマンなどからも有害物質が検出されました」

「厚労省はおよそ六十品目を摘発しましたよね？」

「ええ。さすがに汚染食品リストに載った商品の輸入量は減りました。ですが、国が行ってるモニタリング検査は全輸入量の十パーセント前後なんですよ」

「約九十パーセントは、検疫《けんえき》をスルーして国内の流通ルートに乗ってしまうのか」

「そうなんですよ。そのことを中国食品を輸入してる商社は当然わかってるんで、したかに汚染リストに載ってる水産物を従来通りに大量に買い付けてる会社もあるようです」

神尾が言って、脚《あし》を組んだ。

「そうした悪質な業者の中には、検疫検査員に袖の下を使って、問題の食品をスルーさせてもらってるとこもありそうだな」

「新谷はそういう商社を三、四社突きとめて、動かぬ証拠を押さえる気だったようです」

「神尾さん、その輸入業者の名をご存じですか？」

津坂は問いかけた。

「二社の企業名は生前、新谷から聞きましたよ。一社は神田《かんだ》にオフィスを構えてる中堅商社の『誠和交易《せいわこうえき》』です。もう一社は『旭陽《きょくよう》フーズ』で、本社は築地《つきじ》にあるという話でしたね。残りの二社については、故人とコンビを組んでたフリーランスのライターに聞けば、わかるでしょう」

「そのフリーライターのことを教えていただけますか？」

「いいですよ。堺肇《さかいはじめ》という名で、確か四十二歳だったな。三十代半ばまで新聞社系週刊誌の編集部にいたんですよ。その後、フリーになって『真相ジャーナル』だけじゃなく、幾つかの月刊誌に寄稿しています」

「堺さんの連絡先を教えてもらえますか」

「ちょっと待ってくださいね」

神尾がソファから立ち上がって、自席に向かった。アドレスノートを手にし、すぐに戻ってくる。

「自宅マンションは、多摩《たま》市落合《おちあい》二の五の×番地にある『落合エルコート』の三〇一号室ですね」

「結婚されてるんでしょ？」

津坂は手帳に堺の現住所をメモしながら、編集長に訊いた。

「堺君は六年前に離婚して、多摩市の賃貸マンションで独り暮らしをしてるんですよ。奥さんと別れる前には、世田谷の用賀《ようが》に住んでたんですがね」

「そうですか。浮気が発覚して、奥さんに去られてしまったのかな？」

「そんな男じゃありませんよ、彼は。堺君は仕事に情熱を傾けてるんで、奥さんは寂しかったんでしょうね。夫が自分を必要としてないようなんで、別れたいと切り出したようです」

「ご夫婦に子供は？」

「現在、十歳の娘がいます。奥さんは教材販売会社に勤めてるはずですが、離婚してからは高円寺北《こうえんじきた》四丁目の『高円寺スカイコーポラス』という賃貸マンションに移ったそうです。部屋は二〇一号室だったかな」

「堺さんの元奥さんは旧姓に戻られてるんですね？」

「ええ、そうです。加瀬雅美《かせまさみ》という名で、三十九歳です。勤務先の社名は忘れてしまったな。えーと、なんて会社だったか」

神尾が額に人差し指を当てた。

「無理に思い出していただかなくても結構ですよ。堺さんにお目にかかれば、残りの二社の輸入業者の名はわかるでしょうから」

「そうですね」

「堺さんのスマホのナンバーを教えてもらえます？」

「おっと、まだ番号を教えていませんでしたね。早くもボケはじめてるのかな」

「そんなことはないでしょう」

津坂は笑顔を向け、教えられたテレフォンナンバーを書き留《と》めた。

「新谷は自分の企画の取材でよく堺君に手伝ってもらっていました。どちらも社会派でしたんで、不正や犯罪を暴くことに熱心だったんです。あらゆる圧力を撥《は》ねのけなければ、真相には迫れない。それが彼らの基本姿勢なんです。危ないテーマに斬り込んでたわけですから、二人はちょくちょく脅迫されてた。それでも、どっちも怯《ひる》むことはありませんでした。彼らこそ、真のジャーナリストなんでしょう」

「神尾さんも、なかなかのサムライとお見受けしました」

「わたしは部下たちには虚勢を張ってますが、本当は小心者なんです。タブーに挑まなければならないと思いながらも、正直にいうと、びくついてるんですよ。言論の自由を大切にしなければという気負いがあっても、どこかでびくついてるんです」

「そんなことはないでしょ？」

「いや、そうなんですよ。畳の上では死ねないという覚悟はできてるつもりなんですが、暗がりに潜《ひそ》んでた暴漢が拳銃か日本刀をちらつかせたりすると、みっともなくも命乞いしたくなったりする。実際には、そこまで見苦しいことはしませんけどね」

「ご家族のお顔が脳裏に浮かぶんではありませんか？」

「ええ、そうですね。わたしに万が一のことがあったら、妻や子供たちは心細くなるだろうと考えると、社会正義よりも自分の家族が大事だと……」

「優しいんだな。人間臭くて、いいと思います。それはそうと、新谷・堺コンビが告発したがってたことがほかにもあるんでしょうか？」

「新谷は、パチンコ業界と警察との不適切な関係も勇気を出して告発すべきだと以前から言ってましたね。今春から堺君と断続的に取材を開始してたようです」

「そうですか」

「パチンコ屋が客の出玉《でだま》を現金と交換したら、もろに賭博罪が適用されますよね？」

「ええ」

「そこで、パチンコ屋は〝特殊景品〟と呼ばれてる金地金《きんじがね》、ペンダント、シャープペンシル、文鎮《ぶんちん》、ライター石など密封された物品と出玉を交換し、両替所で現金化させてます。しかし、よく考えてみれば……」

「その通りです。パチンコの換金は違法になりますよね」

「パチンコ屋を取り締まるべきなんですが、手入れは一軒も受けてない。それどころか、過去に警察庁はその種の換金を合法化しようとしたことさえあります」

「警察がそこまでパチンコ業界の肩を持つのは、それなりの理由《わけ》があるからでしょう」

「実は、そうなんですよ」

神尾がわずかにためらってから、言い継《つ》いだ。

「パチンコの特殊景品を扱ってる関連会社の専務は、元警視庁組織犯罪対策部暴対課課長なんですよ。ほかにも元警官の社員が何人もいますね。つまり、その会社は天下り先になってるわけです。新谷は、少し前まで三十兆円産業と呼ばれてたパチンコの利権を警察関係者が握ってること自体に問題があることを告発すべきだと憤《いきどお》ってました。フリーライターの堺君も同調してたな」

「今度こそ、新谷さんたちが取材対象にしてた関係者の中に犯人がいるような気がしてきました」

「そう推測できるな」

「新谷さんが殺された後、神尾さんは加害者に心当たりはないかと堺さんに訊《たず》ねなかったんですか?」

「もちろん、訊《き》きましたよ。すると、堺君は取材対象者全員に殺人動機はあると曖昧な答え方をしたんです」

「なぜ、そんなふうに応じたんだろうか。相棒とも言える新谷さんが刺し殺されたわけですよね。堺さんは思い当たる人物がいたと思うのですが……」

「多分、いたんでしょうね」

「堺さんは自分も消されるかもしれないという強迫観念を振り払うことができなくて、犯人と考えられる人物の名を口にできなかったんだろうか。神尾さん、どう思われます?」

「そうではなかったんでしょう。堺君は新谷君のことを〝戦友〟と感じてたんで、自分の力で敵を追いつめる気になったのかもしれないな。だから、わたしに多くの手がかりを与えたくなかったんでしょう」

「なるほど、そうも考えられますね。堺さんに会って、それとなく探りを入れてみます」

「高見さん、新谷の死の謎を解いてくれるのはありがたいんですが、あまり深入りしないほうがいいと思いますよ。犯人は体を張ってた暴露記者を虫けらのように抹殺した冷血漢なんです。不用意に近づいたら、命を落とすことになるでしょう。ひとりの力では太刀打ちできないと判断したら、わたしか岩崎社長に電話をしてください。わたしたち二人が動いても犯人を取り押さえられないようだったら、警察の力を借りることにしますんで」

「わかりました。そうしましょう。お仕事中にお邪魔しました」

津坂は神尾に礼を言って、『真相ジャーナル』の編集部を出た。自分の車に乗り込み、堺肇のスマートフォンを鳴らす。

電源は入っていたが、通話可能状態にはならなかった。堺は取材中か、電車かバスで移動中なのだろう。

多摩市の自宅を訪ねて、まず堺から謎を解く手がかりを得るべきだろう。津坂はシートベルトを掛け、イグニッションに鍵《キー》を差し込んだ。

4

夕闇が拡《ひろ》がりはじめた。

午後五時を回っていた。津坂は目的の賃貸マンションに到着した。八階建ての『落合エルコート』は丘の上にそびえていた。

多摩センター駅から数百メートル離れた場所だった。周辺には、団地群が連《つら》なっている。

津坂はBMWを堺の自宅マンションの少し先の路上に停めた。

ジャケットの内ポケットからスマートフォンを掴み出し、また堺に連絡してみる。だが、やはり通話状態にはならなかった。

津坂はスマートフォンを懐に戻し、運転席から出た。『落合エルコート』の前まで引き返し、エントランスロビーに入る。出入口はオートロック・システムにはなっていなかった。

津坂はエレベーターで三階に上がった。

三〇一号室は、ホールの左手にあった。堺というネームプレートが掲《かか》げられている。

留守かもしれない。津坂はそう思いながらも、インターフォンを鳴らしてみた。応答はない。津坂はなんの気なしにノブに手を掛けた。

と、抵抗なくノブは回った。部屋の主はヘッドフォンを装着して、音楽を聴いているのではないか。

「堺さん、お邪魔しますよ」

津坂は声をかけながら、ドアを半分ほど開けた。何気なく視線を落とすと、黒い紐靴が片方だけ裏返しになっていた。玄関ホールには何滴か血痕があった。

堺の身に何か起こったようだ。津坂は玄関ホールに上がった。

「堺さん、大丈夫ですか？」

津坂は呼びかけながら、奥に進んだ。間取りは2ＬＤＫだろう。

リビングを挟んで、二つの居室《きょしつ》があった。右側は寝室のようだ。左手の部屋は書斎になっているらしい。リビングやダイニングキッチンには誰もいなかった。

津坂は足許を見た。

玄関ホールから靴痕がうっすらとつづいていた。転々と血痕も散っている。靴の痕をたどる。それは、書斎と思われる洋室まで達していた。

津坂は洋室に飛び込んだ。

パソコンデスクの近くに、四十年配の男が俯《うつぶ》せに倒れていた。堺肇だろう。身じろぎ一つしない。

津坂は倒れている男に近づき、大声で呼びかけた。

返事はなかった。首の上部に血糊が見える。まだ凝固していない。畳針のような物で脳幹を貫かれたのだろう。

津坂は、男の頸動脈に触れた。脈打っていなかった。すでに死亡しているにちがいない。殺され方が新谷のケースと似ている。凶器が同一だとしたら、新谷を殺害した加害者の犯行と考えられる。

汚染中国食品を輸入しているという『誠和交易』か、『旭陽フーズ』が殺し屋を雇って新谷と堺を始末させたのか。

それとも、警察OBと癒着しているパチンコ業界の人間が告発を恐れて、新谷と堺を亡《な》き者にしたのだろうか。そうではなく、パチンコ関連会社に天下りした元警視庁警官が二つの殺人事件に関与しているのか。

津坂はパソコンデスクに目をやった。USBメモリーは見当たらない。津坂は布手袋を嵌めてから、引き出しの中をことごとく検《しら》べた。

取材メモやICレコーダーはなかった。加害者が持ち去ったのかもしれない。

津坂は書棚の中をチェックし、居間に移った。リビングボードの引き出しを覗き、マガジンラックの中も見た。だが、何も隠されていなかった。

津坂はベッドルームに入り、隅々まで検《あらた》めてみた。しかし、手がかりになりそうな物は一つも見つからなかった。

津坂は玄関に急いだ。靴を履《は》き、布手袋で内側のノブを撫でた。自分の指掌紋《ししょうもん》を拭い取り、ドアを細く開ける。

左右を見回したが、人の姿はなかった。津坂は静かに三〇一号室を出て、ドアをそっと閉めた。ノブの指掌紋を拭《ふ》いていると、隣の三〇二号室から三十代前半の女性が現われた。とっさに津坂は体を斜めにして、布手袋を取った。丸めてスラックスのポケットに突っ込む。

ほんの一瞬だったが、三〇二号室の入居者に横顔を見られただろう。しかし、弁解めいたことを言ったら、かえって不審感を懐《いだ》かれそうだ。

津坂は平然とエレベーターホールに向かった。上着の袖口で、下降ボタンを押す。女性の視線を感じたが、津坂は振り向かなかった。

エレベーターの扉が左右に割れた。

津坂は函《ケージ》に入り、さきほどと同じように袖で〝閉〟のボタンを押した。一階に着くまでが妙に長く感じられた。津坂は大股でアプローチを進み、ＢＭＷに向かった。走りだしたい気持ちを抑えて、ごく自然に歩く。

津坂は車に乗り込み、手早くエンジンをかけた。

そのすぐ後、『落合エルコート』から見覚えのある女性が走り出てきた。三〇二号室の入居者だった。

車のナンバーを見られたら、面倒なことになる。津坂はＢＭＷを走らせ、最初の交差点を左折した。そのまま道なりに二百メートルほど進み、民家の生垣《いけがき》に車を寄せる。

津坂は深呼吸してから、半田刑事部長に電話をかけた。そして、経緯を詳しく報告した。

「三〇一号室のドア・ノブを拭ってるとこを三〇二号室の入居者らしき女性に見られてしまったんだね？」

「ええ。多分、車のナンバーも憶《おぼ》えられてしまったでしょう」

「だろうね」

「こっちが多摩中央署の連中に事情を話せば、妙な疑いは持たれないでしょう。ただ、堺の部屋を訪ねた理由をしつこく訊かれるはずです」

「そうだな。本庁《うち》の機捜はきみに殺人容疑を持つことはないだろうが、所轄署の刑事たちは……」

「三〇二号室の女性がこっちのことを地元署の刑事に話せば、怪しまれるでしょうね」

「きみが隠れ捜査をしてることは、身内にも極力《きょくりょく》、伏せておきたい」

「空とぼけることにしますよ。初動捜査で任意同行を求められても、『落合エルコート』には行ってないと言い張ります。堺の自宅マンションには防犯カメラは設置されてませんでしたから、シラを切り通せるでしょう」

「しかし、きみは幹線道路を利用して多摩市落合に行ったんだろ？　そうなら、Nシステムに記録されてるな」

「交際してる羽鳥友香梨に用があったということにすれば、その点については言い逃れられるでしょう。ですが、三〇二号室から出てきた女性に顔を見られてしまいました。それが不安材料ですね」

「弱ったな。多摩中央署の署長に、きみの裏捜査のことを打ち明けるか」

「半田部長、それはやめてください。羽鳥副署長に口裏を合わせてもらって、なんとか切り抜けますよ」

「そうしてくれるか。いつまでも疑われるようだったら、何か手を打つ。少しの間、辛抱してくれないか」

半田が済まなそうに言って、電話を切った。

津坂はすぐに友香梨の私物のスマートフォンを鳴らした。スリーコールで、電話は繋がった。津坂は恋人に経過を教えた。

「そういうことなら、わたしと多摩市内で会ってた。人気《ひとけ》のない所でね。そういうことにしましょうよ」

「迷惑をかけて、悪いな」

「わたしは達也さんの力になれそうなんで、嬉しいのよ。男性に頼られるのは、なんか新鮮なの。母性本能もくすぐられるわ」

「この借りは、なんらかの形で必ず返すよ」

「また、他人行儀なことを言う。わたし、怒るわよ。そんなことより、フリーライターの堺肇氏は新谷記者と同じような手口で殺害されたみたいね」

「犯人は同一人の疑いが濃いな。凶器も畳針に似た特殊針なんだろう。堺も延髄を狙われたようだったんだ。首の上部に血糊が見られたんだよ」

「それなら、凶器は同じなんでしょうね。素人の犯行じゃなさそうだな」

「新谷と堺は、殺し屋《プロ》に始末されたと考えられる。雇い主は、新谷たち二人に後ろ暗いことをペンで告発されそうになった奴らのうちの誰かなんだろう」

「ええ、おそらくね。汚染された中国産の食品を平気で輸入しつづけてる貿易会社も怪しいけど、パチンコ業界と黒い関係にある警察ＯＢも怪しいな」

友香梨が言い終えたとき、副署長室に事件通報が流れた。津坂は聞き耳を立てた。

『落合エルコート』という名称がアナウンスに混じっていた。三〇二号室に住む女性が一一〇番したようだ。

「話題にしてた殺人事件のアナウンスよ」

「そうみたいだな。三〇二号室の住人が一一〇番したんだろう」

「そうなのかもしれないわね」

「だとしたら、この車を乗り回してると、検問に引っかかるな」

「達也さん、ＢＭＷを人目につかない場所に隠したほうがいいわ。それで、多摩市から遠ざかって！」

「何か手品を使って、検問をうまく擦《す》り抜けるよ」

「何を考えてるの？」

「友香梨に迷惑はかけない」

「わたし、官舎に戻って、ミニクーパーで達也さんと合流する。わたしの車に乗って都心に戻ったほうがいいんじゃない？」

「なんとか検問を突破するよ」

「なんだか心配だわ」

友香梨が呟《つぶや》くように言った。津坂は通話を切り上げ、車を走らせはじめた。
五、六キロ先に雑木林があった。民家は疎《まば》らで、人影も目に留まらない。
津坂は雑木林の横で車を停め、トランクリッドのオープナーを引いた。BMWの後方に回り、トランクルームの隅から偽造ナンバープレートを取り出す。

津坂はドライバーで、正規のナンバープレートを外した。偽造ナンバープレートを前後に嵌める。運転席に戻り、ふたたびBMWを走らせはじめた。

多摩市の中心部に戻ると、ところどころに検問所が設けられていた。緊急配備が敷かれたことは間違いない。

だが、津坂はうろたえなかった。

犯罪者の多くは制服警官や検問所を見ただけで、とたんに落ち着きを失う。車内に薬物や銃刀を積んでいなくても、職務質問を回避したいという心理が働く。そして、車を脇道に入れようとしたり、慌ててUターンさせてしまう。不自然な動きで、警察官たちに訝《いぶか》しがられるわけだ。

津坂はたとえ罪を犯していても、堂々としていれば、警察官に怪しまれないことを知っていた。

市街地の外れに検問所があった。徐行運転していると、若い制服警官が駆け寄ってきた。多摩中央署地域課の巡査だろう。

津坂はＢＭＷを停め、パワーウインドーのシールドを下げた。

「お急ぎのところを申し訳ありません」

「職務質問《バン》の仕方がいいね。緊急配備《キンパイ》されたんだな？」

津坂は意図的に警察用語を使った。

「失礼ですが、自分とご同業の方でしょうか？」

「以前、本庁で働いてたんだ。所属は捜一だったんだよ。いまは民間人だがね」

「そうですか」

「管内でどんな事件《ヤマ》が発生したのかな？」

「落合二丁目のマンションで殺人事件が起こったんですよ。自宅で殺されていたのは、四十二歳の男性でした。フリーのジャーナリストだったそうですから、取材相手に逆恨みされたんでしょうか？」

「筋の読み方は悪くないな。いずれ、きみは桜田門で刑事として働くようになるだろう」

「自分、三流の私大を卒業したんですよ。本庁勤務になれるでしょうか?」

「名門大学を出てれば、刑事になれるってもんじゃない。勘がいいかどうかだよ。きみは将来、いい刑事になれると思うな」

「そうなったら、嬉しいですね。自分、本庁の刑事に憧れて警察官になったんですよ」

「そうなのか。元警察官のおれは、どんな犯罪も割に合わないってことを知ってる」

「ええ、そうですね」

「運転免許証は見せるが、ちょっと先を急いでるんだ。手短に頼むな」

「わかりました」

若い巡査が緊張気味に応じた。津坂は運転免許証を相手に渡した。若い警官は形ばかり運転免許証に視線を落とし、すぐに閉じた。

「こっちに不審な点がある?」

「いいえ。ただですね、フリージャーナリストを殺したと思われる男はドルフィンカラーのBMWで逃走したとのことでした」

「それじゃ、このおれが犯人かもしれないぜ」

「手配のナンバーと違いますので、先輩は事件とは無関係です。どうぞお通りください」

「誘導してくれないか」

津坂は相手に言って、パワーウインドーのシールドを上げた。若い巡査が車道の中央に飛び出し、ＢＭＷを導きはじめた。

津坂はアクセルペダルを踏み込み、検問所を抜けた。


客が手を滑《すべ》らせた。

絵皿が床に落ち、砕け散った。骨董店『古堂』の店内だ。

「大変なことをしてしまいました。高価な古伊万里《こいまり》を台なしにして、申し訳ありません」

老紳士が狼狽《ろうばい》気味に詫びた。店主は顔をしかめただけで、何も言わなかった。

「買い取らせてもらいますので、どうかご勘弁願います。値段は十七万五千円でしたね？」

「そうです」

「あいにく持ち合わせがありません。わたしの家は歩いて十分ほどの所にあります。すぐにお金を取りに行ってきます」

「代金は奥さんに持ってきてもらってはどうでしょう？」

「家内は三年数カ月前に病死しました。息子夫婦は横浜に住んでるんですよ。これをカタに置いていきますので、少し時間をください」
七十七、八歳の客は骨張った左手首からパテック・フィリップの超高級腕時計を外し、店主に差し出した。
「そういうことでしたら、預からせていただきます」

店主はスイス製のウォッチを受け取った。老紳士が一礼し、慌《あわ》ただしく店を出ていった。

主《あるじ》は、にっと笑った。古伊万里の絵皿は贋作だった。しかも故買屋から只で貰った皿だった。仕入れ値ゼロの絵皿が十七万五千円になるわけだから、頬が緩むのは当然だ。

店主は鼻歌を歌いながら、ビニールのごみ袋に絵皿の破片を投げ込みはじめた。細かい欠片《かけら》は、陳列台の下に草履《ぞうり》で押し込む。

ごみ袋を屑《くず》入れに投げ込んだ直後、右翼崩れの鷲塚治重から電話がかかってきた。

「きょうの正午過ぎに上海から来日した温徳江《ウェントーチアン》を帝国ホテルの近くで若い者たちが拉致して、江戸川《えどがわ》区平井《ひらい》の廃工場に監禁したよ」

「さすが鷲塚さんだな」

骨董店の店主は言った。

温徳江《ウェントーチアン》はちょうど四十歳の企業家だ。不動産業で財を築き、アパレル会社、エステサロン、スポーツジム、結婚式場、和食レストランと手広く事業を興《おこ》し、それぞれ大きな利益を上げている。儲けた金で都心のテナントビルやマンションを何棟も購入し、さらに転売で利を得ていた。数年後には一族でアメリカに移住する気でいるようだ。

「で、温《ウェン》を痛めつけてくれました？」

「若い者が半殺しにしたんだが、手に入れた日本の不動産を安く売る気はないとまだ強気なんだ」

「それじゃ、わたしが追い込みましょう。廃工場のある場所を詳しく教えてください」

「わかった」

鷲塚が所在地と目標になる建物を教えた。

「タクシーで、平井に行きます。わたしがそっちに行くまでに、配下の男に稀硫酸《きりゅうさん》を買うよう指示してくれませんか」

「稀硫酸で温《ウェン》のペニスでも焼くつもりなのか？」

「そこまではやりませんよ。頼んだこと、お願いしますね」

店主は通話を切り上げ、二階にいる亜弓を大声で呼んだ。亜弓がすぐに店に降りてくる。

「ちょっと出かけるぞ」

「また、軍歌酒場に行くんでしょ？」

「まあな。古伊万里の皿をうっかり落として割ってしまった客が自宅に代金を取りに戻ったんだ。カタとして、この高級腕時計を預けていったんだよ」

「代金と引き換えに、腕時計を返せばいいのね？」

「そうだ。その客が帰ったら、もう店は閉めてもいい」

店の主は和服の袂から高価なウォッチを取り出し、亜弓に手渡した。

「わっ、パテック・フィリップじゃないの。この腕時計高いのよね。ね、わたしも新しい時計が欲しいいな」

「そのうち買ってやる」

「いつごろ買ってくれるの？」

亜弓が甘え声で訊いた。店主は笑いでごまかし、『古堂』を飛び出した。表通りでタクシーを捕まえ、江戸川区平井に向かう。

元板金《ばんきん》工場を探し当てたのは小《こ》一時間後だった。

機械類は取り払われ、殺風景だった。温徳江《ウェントーチアン》はコンクリートの床《ゆか》に坐らされていた。

両手首は腰の後ろで縛《しば》られている。手首に喰い込んでいるのは縄ではなく、針金だった。

温《ウェン》の周《まわ》りには、鷲塚と二人の手下が立っていた。

片方の男は迷彩服だった。もうひとりは口髭《くちひげ》をたくわえている。どちらも二十七、八歳だろう。見覚えはあるが、名前は知らない。

温《ウェン》の顔面は赤く腫《は》れ上がっていた。唇も切れている。手の甲も痣《あざ》だらけだ。靴の踵《かかと》でさんざん踏みつけられてから、両手の自由を奪われたのだろう。

「あなた、誰?」

温《ウェン》がたどたどしい日本語で、骨董店の主に問いかけた。

「愛国者のひとりだ。おまえが買い漁った日本の不動産は、わたしが買い戻す」

「相場の倍額なら、わたし、売る。そうしてくれるか?」

「日本人をなめるんじゃないっ。相場の十分の一の値で買い取ってやるよ」

「それ、できない。日本の不動産に投資したの、儲けたいからね。タイミングを見て、転売する。わたし、得する。それが目的よ」

「安く手放す気がないんだったら、おまえの家族を皆殺しにする。その後、きさまの両腕を日本刀で斬り落とす。その前に十本の指を一本ずつ短刀で落としてやってもいいな」

店主は言った。

温《ウェン》が店主を睨《ね》めつけ、中国語で何か罵《ののし》った。上海語だろう。

「日本にいるんだから、日本語で話せ！　わたしは中国語を聞いただけで、虫酸《むしず》が走るんだ」

「虫酸、その意味わからない。わたし、日本の不動産、絶対に安く売らないよ。殺されても売らないね」

「どこまで耐えられるかな。くっくっく」

骨董店の主は薄く笑って、鷲塚に顔を向けた。

鷲塚が迷彩服の男に目配せする。男が廃工場の隅に走り、稀硫酸の容器をこわごわ運んできた。

鷲塚が容器の栓を抜いた。注ぎ口は三角形になっていた。容器を傾けても、稀硫酸は少量ずつしか注げない造りになっているようだ。

「あなた、何する気⁉」

温《ウェン》が目を見開いた。眼球が零《こぼ》れ落ちそうだ。

「少し体を温めてやるよ」

「いまは六月ね。わたし、寒くないよ」

「そうかい」

店主は迷彩服の男から容器を受け取ると、温《ウェン》の背後に回った。両手を一杯に突き出し、稀硫酸の容器を慎重に傾ける。

温《ウェン》が尻《しり》を大きく動かし、前方に逃《のが》れようとする。

だが、逃げ切れなかった。稀硫酸が温《ウェン》の肩や背中に垂らされた。

店主は、いったん後退した。コンクリートの床に流れ落ちる稀硫酸が自分の草履まで焼くことを避けるためだろう。煙が立ち昇り、衣服と肉が焦《こ》げる臭《にお》いが拡《ひろ》がりはじめた。

温《ウェン》が獣じみた唸り声を発しながら、許しを乞《こ》う。

店主は口をたわめ、温《ウェン》の横に移った。ふたたび稀硫酸が中国人の体に注がれた。温《ウェン》は床に転がり、体を左右に振った。

「もう少し粘ってみるか、強欲な中国人め！」

「あなたに相場の十分の一で、全物件を売るよ。お願いだから、わたしを焼き殺さないでくれ」

「やっと売る気になってくれたか。火傷《やけど》の痛みが薄れたら、商談をまとめよう」

『古堂』の店主は容器を足許に置き、鷲塚に笑いかけた。

鷲塚の表情は引き攣《つ》っていた。手下の二人は慄然《りつぜん》とした様子で、石のように動かなかった。

第三章　犯行の類似点

1

ベーコンエッグを食べ終えた。

イングリッシュ・マフィンは、とうに胃袋に収めている。二枚だった。

津坂は自宅で残りのブラックコーヒーを喉に流し込み、セブンスターに火を点けた。

堺が殺された翌朝だ。間もなく九時半になる。

煙草を二口《ふたくち》喫《す》ったとき、ダイニングテーブルの上に置いたスマートフォンが着信音を発しはじめた。半田刑事部長からの電話かもしれない。

津坂はセブンスターの火を消し、スマートフォンを手に取った。勘は外れた。発信者は友香梨だった。

「きのうの夕方、達也さんとわたしは鶴牧東公園《つるまきひがし》で会ってたことにしよう」

「いきなり何だい？　『落合エルコート』の三〇二号室の入居者が、やっぱりおれの車のナンバーを読み取ったらしいな」

「そうなのよ。それで、多摩中央署《う　ち》の刑事課の者が達也さんの自宅に行くことになったの」

「そうか」

「さっき言った公園は鶴牧三丁目にあるんだけど、堺肇の自宅マンションに近いの。落合二丁目と鶴牧三丁目は大通りを挟んで向かい合ってるのよ」

「そうなのか。鶴牧東公園の地形とベンチの数なんかを教えてほしいな。口裏を合わせるとき、そういった予備知識が必要になってくるからな」

津坂は言った。友香梨が公園の特徴を細かく教えてくれる。津坂は、それを頭に叩き込んだ。

「わたしが達也さんの部屋に忘れ物をしたんで、それをわざわざ届けてくれたってことにしない？」

「わかった。で、その忘れ物は何にする？」

「職務の予定を書き込んだ白い手帳を忘れたことにしましょうよ。その手帳、見たことあるでしょ？」

「ああ、大きさなんかはわかってるよ。で、何時に公園で落ち合ったことにする？」

「五時に会って、二十分後に別れた。そうしない？」

「堺の司法解剖は、まだ終わってないんだろうな」

「ええ。きょうの午前十時から杏林《きょうりん》大の法医学教室で行われることになってるの。まだ被害者《マルガイ》の正確な死亡推定時刻はわからないけど、わたしが達也さんと会ってたと証言すれば、あなたが『落合エルコート』には行ってないと空とぼけることはできると思う。被害者宅から、達也さんの指紋や掌紋は出てないんだから」

「そうだが、おれの頭髪が室内に遺《のこ》ってたら、ＤＮＡ鑑定で堺の部屋に入ったことがわかってしまうな」

「ええ、そうね。でも、安心して。達也さんの頭髪は一本も採取されなかったの」

「そうか。こっちは土足で堺宅に入ったわけじゃないから、足跡で身許の特定はできないだろう。ただし、三〇二号室の女性に顔を見られてるし、車のナンバーも憶えられてるな」

「だけど、防犯カメラの映像に達也さんが映ってたわけじゃないんで、シラは切れるんじゃない？」

「所轄署の副署長に偽の証言をさせるのは心苦しいが、友香梨が言った通りにさせてもらうよ。ごめんな」

「水臭いわ。気にしないで。警察はいったん怪しいと思った人物をずっとマークしつづけるから、事実を知られると、厄介《やっかい》なことになるわ。達也さんは堺さんを殺してなんかいない。それだから、それほど罪悪感はないの。警察官としては落第なんだろうけどね」

友香梨が苦笑した。

「いい女だな。またまた惚れ直したよ。それはそうと、検視官はどういう見立てをしたのかな？」

「凶器は、畳針に似た特殊針だろうって言ってたわ。死亡推定日時は、きのうの午後四時半から六時の間と思われるって」

「そう。被疑者《マルヒ》の割り出しはできてないんだろう？」

「ええ。犯人のものと思われる靴痕がくっきりと遺《のこ》ってたんだけど、三万足以上も販売されたワークブーツだから、履物からの割り出しは困難でしょうね」

「靴のサイズは？」

「二十八センチよ。加害者は大柄な男なんでしょう」

「そう思い込むのはまずいな。犯人が意図的にサイズの大きな靴を履いて、犯行に及んだ可能性もあるじゃないか」

「ああ、そうよね」

「マンションの入居者は、誰も不審な人物は見てないんだ？」

「刑事課からは、そういう報告が上がってきたの。三〇一号室のドアはピッキング道具で解錠されたようなんだけど、ノブ周辺には加害者の指紋は付着してなかったわ。書斎に被害者以外の男性の髪の毛が二本落ちてたんだけど、前科歴のある人たちの中にDNA型が合致する者はいなかったのよ」

「凶器から推察すると、新谷記者を殺《や》った犯人が堺の口を封じたようだが、一度も検挙されたことのない殺し屋《プロ》なんだろうか」

「わたしも犯人は同一人と思ってたんだけど、そうじゃないのかもしれないわ」

「そう思った根拠は？」

　津坂は訊いた。

「わたし、渋谷署の捜査本部から非公式に事件調書や解剖所見を取り寄せたのよ。新谷記者は特殊針を延髄に垂直に深く突き入れられてたんだけど、堺さんの脳幹の刺し創《きず》は少し斜めになってた。犯人が同じで、凶器も同一なら、刺し創は一緒になるんじゃない？」

「刺し創がまったく同じになるとは限らないんじゃないのか？」

「そうなのかな」

「どっちも延髄を狙われてるから、殺しのテクニックを修得した者の犯行《ヤマ》だろう。おれは同一人の仕業だと思うが、友香梨が言ったことも気になってきたな。もしかしたら、殺し屋は複数なのかもしれないぞ」

「そうなら、新谷記者を始末した加害者のほうが多く人を殺《あや》めたベテランなんじゃないかしらね。堺さんを殺した犯人のほうは、新人の殺し屋《プロ》なんじゃない？」

「そうなのかもしれないな。多摩中央署は単におれから事情聴取するだけじゃなく、おそらく任意同行《ニンドウ》を求める気なんだろう」

「刑事課長はそうしたいようだけど、署長とわたしは警視庁の元刑事にいきなり任意同行を求めるのは問題ありだとブレーキをかけたの。けど、課長の浜畑郁生《はまはたいくお》警部は勇み足をしてでも初動捜査で事件をスピード解決したがるタイプなのよ」

「所轄署に捜査本部《チョウバ》が立つと、本庁から出張《でば》る連中の捜査費を丸々負担しなきゃならなくなるからな。その上、地元署の刑事たちは主導権を奪われる」

「浜畑課長は本庁の捜一の人たちを毛嫌いしてるのよ。ごく一部の捜査員なんだけど、所轄署の刑事たちを見下してる奴がいるでしょ？」

「ああ、いるな。そういうエリート意識の強い奴は、地元署の強行犯係を田舎《いなか》刑事扱いしてる。性格が悪いから、反感を持たれても仕方ないだろう」

「課長はちょっと偏屈《へんくつ》だけど、いいところもあるのよ。でも、初動捜査で片をつけたいという気持ちが強いの。本庁の初動班がだらだらと地取りや鑑取りをしてると、平気で怒鳴りつけたりしてる」

「気骨がある課長みたいだが、勇み足をしたのは迷惑だな」

「そうよね。達也さんの自宅には、佐合《さごう》と大浦《おおうら》という強行犯係が行くと思うわ。うまく口裏を合わせてね」

友香梨がそう言い、電話を切った。

津坂は友人の沖に電話をかけた。沖がワンコールで電話に出た。津坂は、昨夕のことを話した。

「昨夜《ゆうべ》のテレビニュースで、堺肇が殺されたことを知ったんだ。津坂、新谷記者と堺肇は『真相ジャーナル』の取材対象者に消されたにちがいないよ」

「そう考えてもよさそうだな。疑わしい対象者たちを神尾編集長から聞き出したんだ」

「怪しい個人がいそうなのか？」

沖が問いかけてきた。

「まだ個人に絞れたわけじゃないんだ」

「疑わしい会社か団体があるわけか」

「そうなんだよ」

津坂はそう前置きして、汚染中国食品をいまだに輸入している疑いがある『誠和交易』と『旭陽フーズ』のことを教えた。

「外食産業で使われてるキャベツの大半は、中国産らしい。中国の水源の九十パーセントは汚染されてるというデータがあるから、危ないことは危ないよな」

「香港の人たちは、中国産の野菜を毒菜《ドクチョイ》と呼んで敬遠してるって話だぞ」

「野菜だけじゃなく、水産物、菓子、調味料が大量に中国から輸入されてる。乾燥椎茸《しいたけ》からアセトクロールが検出されたし、ソーセージは黄色ぶどう球菌だらけだった。スーパーで売られてる沢庵《たくあん》や福神《ふくじん》漬けなんかはほとんど中国産だが、有害物質が含まれてる疑いがある」

「そうだな。塩蔵野菜は日本人に好まれてる。日本で禁じられてる除草剤や殺虫剤の使用をやめない中国は問題だが、日本の加工会社の中には中国野菜を国産物と混ぜて〝産地偽装〟してるとこもあるそうだ」

「カマボコなんかも中国から輸入した魚のすり身を国産物と混ぜて、堂々と国内産と表示してる。原材料の五十パーセントを超えなきゃ、原産地を明記する義務はないらしいからな」

「消費者は国産品と思い込んでるが、実は原材料の半分近くは中国産なんだ」

「中国から輸入した食品のすべてが汚染されてるわけじゃないだろうが、疑わしい商品も混じってることは事実だ」

「ああ。有害物質の使用を認めてる中国がよくないんだが、生産者は法律を破ってはいない」

「そうだな。悪いのは汚染された中国産食品を輸入して荒稼ぎしてる業者だよ。その次によくないのは、中国産原材料の使用を五十パーセント以下にして、商品を国産と偽ってる加工業者だ」

「沖の言った通りだな」

「新谷記者がフリーの堺さんと組んで、悪質な輸入業者をペンで告発する気になるのは当然だよ。『誠和交易』と『旭陽フーズ』は検疫検査員に鼻薬をきかせただけじゃなく、厚生労働省の幹部たちにも金を握らせてるんじゃないか」

「沖の推測が正しければ、怪しいのは輸入業者だけじゃないな。厚労省の職員の誰かが殺し屋を雇って、新谷と堺の二人を葬らせた疑いもなくはない。それから……」

「パチンコ業界と癒着してる警察OBも怪しく思えてくる」

「停年で退職したOBがたくさんパチンコ関連会社に再就職してるからな。元警察関係者を役員に迎えれば、企業恐喝屋や闇社会から難癖をつけられなくて済む。警備会社やタクシー業界にも同じことが言えるが、その癒着ぶりはパチンコ業界の比ではない」

「まさか警察OBが新谷さんと堺さんを始末したんじゃないだろうな」

「そういうことはないと思いたいが、ないとは言い切れない」

「津坂が動きにくい状況になったから、おれがちょっと『誠和交易』と『旭陽フーズ』の動きを探《さぐ》ってやろう」

　沖が申し出た。

「そうしてもらえると、ありがたいな」

「わかった。早速、動くよ。パチンコ業界と元警察関係者との繋がりは、美人副署長に調べてもらえるな。元刑事のおまえが嗅ぎ回るよりも、現職の羽鳥さんに動いてもらったほうが早いだろう」

「そうなんだが、彼女はなるべく巻き込みたくないんだ」

「キャリアのマイナスになるようなことは、させたくないか」

「友香梨は警察官僚だが、上昇志向なんかない。別に出世したいなんて望んでないだろう。すでに副署長のポストまで登りつめたんだから、それで満足してると思うよ。おれは、友香梨に危険な思いをさせたくないんだよ。かけがえのない女だからな」

「この野郎、のろけやがって」

「そういうつもりじゃなかったんだが……」

「いいさ。羽鳥さんはそれだけ魅力のある女性だから、おまえが大事にしたい気持ちはわかるよ。とにかく、おれは『誠和交易』と『旭陽フーズ』の動きを探ってみる」

「沖、よろしくな」

津坂は電話を切って、マグカップにコーヒーを注いだ。冷めかけていたが、そのまま口に含む。

部屋のインターフォンが鳴ったのは、数分後だった。津坂は玄関に足を向けた。来訪者は多摩中央署の二人の刑事だった。

佐合力哉《りきや》巡査部長は、三十四、五歳に見えた。大浦勇樹《ゆうき》巡査長は二十七、八歳だろう。

津坂は二人を玄関の三和土《たたき》まで招き入れた。

「さっそく本題に入らせてもらいます」

佐合が津坂の顔を直視しながら、硬い声で告げた。

「こっちは、かつて本庁で働いてたんだ。二人とも表情が強張《こわば》ってるが、何か勘違いしてるんじゃないのか？」

「きのうの夕方、津坂さんは多摩市落合二丁目にある『落合エルコート』の三〇一号室に行かれましたよね？　フリージャーナリストの堺肇さんの自宅を訪ねたんでしょ？」

「佐合さん、何を言ってるんだっ。おれにはそんな名の知り合いはいない。会ったこともない人間を訪ねるわけないじゃないか」

「あなたは三〇一号室に入ったはずです。三〇二号室に住む女性が津坂さんを見てるんですよ。その女性は、不審な男は布手袋をした両手でノブを神経質に拭ってたと証言しました。自分の指紋《モン》を拭い取ったんでしょう。堺さんは書斎で刺し殺されたんです。津坂さんの遺留品は見つかりませんでしたが、疑惑点はあります」

「防犯カメラにこっちの姿が映ってたのか？」

「いいえ、それは……」

「どういうつもりか知らないが、三〇二号室の住人がいい加減な証言をしたんだろう」

「あなたが被害者の死亡推定時刻に多摩市落合にいたことの裏付《ウラ》けは取れてるんですよ。証言者は、津坂さんのＢＭＷのナンバーを読み取りました。あなたを不審者だと感じたんで、マンションの前まで追ったんだそうです。そのとき、車のナンバーを憶えたということでした」

　大浦巡査長が話に割り込んだ。

「きのうの夕方、車で落合三丁目から二丁目を抜けて、鶴牧東公園に行ったことは間違いないよ。おれは、おたくの署の副署長と親しくしてるんだ」

「羽鳥副署長と交際してるんですか⁉」

「そう。彼女がこの部屋に手帳を忘れて帰ってしまったんで、多摩中央署の近くの公園まで届けに行ったんだ。友香梨は職務中だったから、長い時間は一緒にいられなかったが」

　津坂は白い手帳の大きさを手で示してから、さりげなく公園のたたずまいに触れた。ベンチの数も口にした。

「しかしですね、三〇二号室の主婦は津坂さんの姿をはっきりと見てるんです。あなたのＢＭＷが走りだして間もなく、すぐに脇道に入ったのも確認してるんですよ」

「そういう証言があったとしても、こっちが通りかかったマンションの中に入るなんてことはあり得ない」

「ですけど……」

「証言者は、でたらめを言ってるんだよ」

「署までご同行願えると、ありがたいんですがね」

佐合が大浦を手で制し、早口で言った。

「任意同行を求めるのは行き過ぎだろうが！」

「署でゆっくりと事情を聴かせていただければとお願いしただけです。いわゆる任意同行じゃありませんよ」

「ソフトな言い方をしたって、任意同行だな。拒否する。署に戻って、副署長に話を聞いてくれよ。こっちが作り話をしてるかどうか、はっきりするだろう」

「しかし、恋愛関係にある羽鳥副署長が津坂さんに不利にならないように口裏を合わせる可能性がないとは言えません」

「おい、おい！　彼女はキャリアの副署長だぞ。偽証なんかしたら、人生を棒に振ってしまう。第一、理性的な彼女が情《じょう》に流されるわけないじゃないか」

「どんなエリート女性でも、好きな男性に何か頼まれたら、断れないんではありませんかね」

「そっちは、おれが友香梨に偽の証言を強《し》いたと疑ってるのかっ。そうだったら、人権問題だな。おれは警察ＯＢだが、そっちを告訴することになるぞ」

「そう興奮しないでください」

「不愉快だ。引き取ってくれ！」

津坂は二人の所轄署刑事を部屋から押し出し、玄関ドアを荒っぽく閉めた。額には、脂汗《あぶらあせ》がうっすらとにじんでいた。

2

風が強い。

津坂は前髪を掻き上げながら、ベランダの手摺《てすり》に寄った。自宅マンションだ。午後二時を回っていた。

眼下の車道を覗く。

黒いスカイラインは、同じ位置に駐車中だ。多摩中央署の覆面パトカーである。運転席に坐っているのは大浦巡査長だ。佐合巡査部長は助手席に腰かけていた。

津坂は二人が辞去すると、すぐにベランダに出た。ほどなくスカイラインは路上から消えた。しかし、数十分後には二人の刑事は戻ってきて張り込みを開始した。

それ以来、捜査車輛はまったく動いていない。堺殺しの嫌疑が自分にかかっていることは明白だ。

津坂は苦笑して、居間に戻った。

これでは、部屋から出ることができない。もどかしかった。津坂は無意識に貧乏揺すりをしていた。腿《もも》を叩いて、煙草に火を点ける。

友香梨から電話があったのは正午過ぎだった。午前十一時数分前に、浜畑刑事課長が副署長室にやってきたらしい。のっけから昨夕のことを質問されたという。

友香梨は打ち合わせ通りに五時から二十分ほど鶴牧東公園で津坂と会い、忘れ物の白い手帳を受け取ったと答えたそうだ。刑事課長は何も言わずに自席に戻ったらしいが、友香梨の証言を信じていない顔つきだったという。

浜畑警部は上司と津坂が口裏を合わせたと直感し、二人の部下に張り込みの指示を出したのだろう。

津坂は一服すると、自宅マンションを抜け出す方法を考えはじめた。

変装して表玄関から出ても、覚《さと》られてしまうだろう。非常階段を下《くだ》って、マンションの裏庭から民家の敷地を通り抜けたほうがよさそうだ。そうすれば、裏通りに出られる。

ただし、民家の住人に見咎《とが》められるかもしれない。そのときは、暴力団組員に命を狙われているとでも言うか。それなら、通り抜けは許可されるだろう。

津坂はリビングソファから離れ、洗面所に向かった。髭を剃《そ》り、髪型を整える。津坂は寝室に移り、外出着をまとった。

部屋の戸締まりをしていると、居間のコーヒーテーブルの上でスマートフォンが鳴った。津坂はリビングに走り、スマートフォンを手に取った。

発信者は『真相ジャーナル』の神尾編集長だった。

「高見さん、会社に犯行声明とも受け取れる手紙が届いたんですよ」

「手書きですか？」

「いいえ、パソコンで打たれています。文面は、正義の使者気取りの新谷と堺が気に喰《く》わなかったんで、殺しのプロに始末させたという内容です」

「ほかに何か忠告めいたことは付記されていませんでした？」

津坂は訊いた。

「『真相ジャーナル』を廃刊にしないと、発行人の岩崎社長と編集長のわたしを抹殺するという殺人予告が……」

「差出人は？」

「書かれていませんでした。消印は築地郵便局になってたな」

「確か築地には、『旭陽フーズ』の本社があるはずです」

「ええ、そうです。岩崎社長は妙な手紙を送りつけてきたのは『旭陽フーズ』の関係者ではないかと言ってるんですよ。高見さんは、どう思われます?」

「岩崎社長の推測にケチをつける気はありませんが、そうだとしたら、手紙の送り主はあまりに大胆すぎるでしょ? 『旭陽フーズ』の関係者が会社の近くから投函するのは、不用意すぎます」

「ええ、そうですよね。足がつくことは予想できますので、そんなことはしないでしょう。新谷・堺コンビが不正を告発しようとしてた団体か個人が『旭陽フーズ』に罪をなすりつけたかったんだろうか」

「そう考えるべきだと思います」

「『旭陽フーズ』と同じように中国から汚染食品を輸入しつづけてる『誠和交易』が妙な手紙を送ってきたんだろうか」

「まだ何とも言えないですね」

「高見さん、社長がそばにいるんですよ。電話、岩崎と替わります」

神尾の声が熄《や》んだ。待つほどもなく岩崎の声が流れてきた。

「新谷君と堺さんを始末させたのは、『真相ジャーナル』に不正や犯罪を暴かれることを恐れた人間に間違いないでしょう。消印から『旭陽フーズ』を怪しんだんですが、あなたのおっしゃる通りです。さっき神尾編集長が言っていましたが、『誠和交易』が

『旭陽フーズ』に濡衣《ぬれぎぬ》を着せようとした疑いがあります。新谷記者から断片的なことを聞いただけですが、『誠和交易』は検疫検査員たちに金を握らせて、中国産の汚染食品に目をつぶらせてるということでしたから。それから、厚労省の幹部職員たちにも〝お目こぼし料〟を渡してるとも言ってました」

「そうなんですか。しかし、予断は持たないほうがいいと思います。ところで、届いた手紙はどうされるおつもりです？」

「渋谷署に設けられた捜査本部にわたし自身が届けようと思っています。封書に脅迫者の指紋は付着してないでしょうが、何か手がかりがあるかもしれないでしょ？」

「ええ、そうですね」

「自宅で殺害された堺さんの事件と新谷記者の死はリンクしてるんだと思いますが、まだ多摩中央署には捜査本部が設置されてませんから」

「問題の手紙は、渋谷署の捜査本部に持っていかれたほうがいいでしょう。それから、岩崎さんと神尾さんはしばらく電車やバスの利用は控えるべきでしょうね」

「わたしたちは、いかなる脅迫にも屈したりしません。仮に神尾編集長とわたしが殺されるようなことになっても、『真相ジャーナル』は出しつづけますよ。わたしの財産が底をつくまで廃刊になんかしません」

「ご立派な志《こころざし》ですね」

「そんな大層なことではありませんが、若くして亡くなった新谷、堺の両君に申し訳ないでしょ？　高見さんこそ、気をつけてください」

「ええ、油断はしません」

津坂は通話終了アイコンをタップし、沖直人のスマートフォンを鳴らした。ツーコールで、電話は繋がった。津坂は『風の声社』に差出人不明の手紙が届いたことを友人に伝えた。

「その手紙を出したのは『誠和交易』臭いな」

「沖、何か摑んだのか？」

「金回りのいい二十代の検疫検査員が『誠和交易』から毎月十五万円の小遣いを貰ってることをコンテナトラックの運転手に洩らしたという証言を得たんだよ。金で抱き込まれた検査員は二十代の男だけじゃなく、七、八人いるらしいよ」

「そいつらはモニタリング検査の際《さい》、『誠和交易』が輸入した中国産の汚染食品をわざとスルーさせてるんだな？」

「ああ、そうなんだ。証言してくれた運転手はそういう不正を知ってると『誠和交易』に揺さぶりをかけて、自分も遊興費をせしめようとしたらしいんだよ」

「それで？」

「数日後、そいつは柄の悪い男たちに追い回されたという話だったな。『誠和交易』は組員か半グレを使って、コンテナトラック運転手をビビらせたんだろう」

「ああ、おそらくな。『誠和交易』は、厚労省の幹部職員たちに〝お目こぼし料〟をばら蒔《ま》いてたの？」

「そこまでは調べてないんだ。しかし、そうなんだろうな」

「『誠和交易』は『旭陽フーズ』とライバル関係にあるんだろう？」

「そう言えるな。中国食品の輸入量では『誠和交易』が業界八位で、『旭陽フーズ』は九位にランクされてるらしいよ」

「そう」

「何年か前、『旭陽フーズ』は『誠和交易』が検疫検査員を抱き込んで中国産汚染食品のモニタリング検査を甘くさせてるという密告を厚労省や消費者団体にしたみたいなんだよ」

「沖、その話の裏付《ウラ》けは取れたのか？」

「いや、取れてないんだ。しかし、デマや中傷じゃないんだろう。そんなことで、その年のランキングは逆転したらしい。『誠和交易』がランクダウンして、『旭陽フーズ』が八位になったそうだ。もっとも翌年は元のランキングに戻ったって話だったがな」

沖が言った。

「そうか」

「『誠和交易』は密告の件で、『旭陽フーズ』に恨みを持ってただろうから……」

「ライバル社を陥《おとしい》れようとしたのかもしれない？」

「津坂、おれの推測は外れてるかな」

「おまえの筋読み通りだったとしたら、『誠和交易』は子供っぽいことを考えたもんだ。浅知恵もいいとこじゃないか」

「確かにな。津坂は多摩中央署の刑事たちに怪しまれてるのか？」

「午前中から二人の捜査員に張り込まれてて、動くに動けないんだよ」

「おれが神宮前に行って、何か陽動作戦を展開してもいいぞ。こっちが刑事たちの気を逸《そ》らすから、その隙に自宅を出ろよ」

「非常階段で一階に降りて、裏通りに出ようと思ってるんだ」

「裏の家の庭を無断で通り抜ける気なのか。泥棒と間違われて、一一〇番されそうだな」

「通報される前に事情を話して、庭を抜けさせてもらうよ」

津坂は電話を切り、玄関に向かった。

シューズボックスを開けて靴を選んでいると、懐でスマートフォンが鳴った。津坂は手早くスマートフォンを摑み出した。

ディスプレイを見る。電話をかけてきたのは友香梨だった。

「うちの署の者がマンションの前で張り込んでるでしょ？」

「覆面《メン》パトには、佐合と大浦という刑事が乗り込んでる。だから、裏の民家の庭を無断で通り抜けることにしたんだ」

「わたしがうまく表に出られるようにしてあげる。実は、達也さんのマンションの近くにいるのよ」

「ほんとかい⁉」

「ええ。レンタカーのプリウスで、神宮前に来たの。これから知り合いの劇団研究生たちに署のスカイラインのそばで芝居をしてもらうから、達也さんは一階のエントランスロビーで待機してて」

「どんな芝居をさせるつもりなんだ？」

「交際相手を寝盗《と》られた男が模造刀を振り上げて相手を追いかけるという設定で、演技をしてもらうことになってるの。日本刀を持った男が間男《まおとこ》を必死の形相《ぎょうそう》で追ってたら、佐合と大浦は捜査車輛から飛び出して、男たちを追うにちがいないわ」

「だろうな。その隙におれは外に飛び出す。それで裏通りに走り入れば、二人の刑事には気づかれないと思うよ」

「達也さんのマンションの斜め裏に、数寄屋《すきや》造りの邸宅があるわよね？」

「あるな」

「わたしは、レンタカーでその和風住宅の生垣の所で待ってるわ」

「わかった」

津坂は靴を履き、部屋を出た。エレベーターに乗り込み、一階ロビーに下《くだ》る。表玄関を出ると、津坂はアプローチの横の植え込みに分け入った。割に樹木が多い。

樹木の枝越しに通りをうかがう。

一分ほど経《た》つと、目の前を二十六、七歳の男が駆け抜けていった。裸足《はだし》で、黒いタンクトップ姿だ。下はハーフパンツだった。

「この野郎、待ちやがれ！　おれの女をコマしといて、『悪かったよ』で済むかっ」

模造日本刀を振り翳《かざ》した二十八、九歳の細身の男が走り過ぎた。一見しただけでは、真剣に見える。

ややあって、左手から二人の男が過《よぎ》った。佐合と大浦だった。じきに二人の刑事は視界から消えた。津坂は中腰で植え込みの中から出て、アプローチを走った。マンションの前の通りを五十メートルほど疾走し、脇道に入る。

津坂は物陰から往来に視線を投げた。

佐合巡査部長は、模造日本刀を提《さ》げた男を羽交《はが》いじめにしていた。大浦は逃げていた男の片腕を摑んで、何か問《と》うている。二人とも、自分には気づかなかったにちがいない。

津坂は勢いよく走りだした。

最初の四つ角を左に曲がると、大きな和風住宅の生垣に灰色のプリウスが寄せられていた。ナンバーの上に〝わ〟という文字が見える。レンタカーだ。

津坂はプリウスに駆け寄った。

金髪《ブロンド》のウィッグを被った友香梨が運転席で軽く片手を挙げた。いつもよりも、だいぶ化粧が濃い。彫《ほ》りの深い顔立ちのせいか、ちょっと見は白人女性だ。津坂は助手席に入った。

「うまく化けたな。二人の刑事に顔を覗かれても、おそらくバレないだろう」

「女はメイクを濃くしてウィッグを被れば、別人のように印象が変わるの。青いカラーコンタクトを使うことも考えたんだけど、それはやりすぎでしょ？」

「ま、そうだな」

「佐合巡査部長たち二人は、達也さんにまったく気づかなかった？」

「と思うよ。二人とも、劇団研究生たちを懸命に追いかけていったからな」

「バイトをしてくれた演劇青年は迫真の演技をしてくれたみたいね」

「どっちもいい芝居をしてたよ。模造刀も真剣みたいに見えたんで、二人の捜査員は張り込み中にもかかわらず、反射的に覆面《メン》パトから飛び出したんだろうな」

「そうなんでしょう。これで、あなたは自由に副業に精出せるのね。よかったわ」

「友香梨は女だてらに向こう見ずだな。副署長が故意に捜査妨害をしたことが発覚したら、奥多摩か伊豆《いず》諸島の小さな警察署に飛ばされるかもしれないぞ」

「左遷されてもいいけど、達也さんとちょくちょく会えなくなるのは困るわ。遠くの所轄に異動になったら、わたし、依願退職する」

「その後、どうする気なんだ？」

「女探偵にでもなろうかな」

「本気なのか⁉」

「冗談よ。刑事課の二人にはバレてないから、別に心配ないでしょ」

友香梨が含み笑いをした。色っぽかった。

「呆《あき》れた副署長だ。仮病《けびょう》を使って署を抜け出してきたのか？」

「母の弟が狭心症で倒れたことにして、早退《はやび》けしちゃったの。うふふ」

「警察官のくせに、平気でそういう嘘をつくとはな」

「呆れちゃう？」

「ああ。しかし、おれは助かったよ。初動捜査で、こっちは重参（重要参考人）扱いされてるようだからな」

「浜畑刑事課長はそういう見方をしてるけど、本庁の機捜はあなたが『落合エルコート』に行ったとは思ってないみたいよ」

「三〇二号室の主婦には申し訳ないが、もう少し彼女が偽証したってことにさせてもらおう。後ろめたいけどな」

「事件が落着したら、あなたの代わりにわたしが謝罪しに行くわよ」

「いや、それはまずいな。折を見て、おれ自身が謝りに行く」

「そのほうがいいかな。それはそうと、笹塚《ささづか》のウィークリーマンションをわたし名義で借りておいたのよ」

「えっ」

「佐合巡査部長たち二人は数日、マンションの近くで張り込むことになってるの。帰宅したら、また自由に動けなくなるわ。だから、ウィークリーマンションを借りたの。べッドや家具付きだから、さほど不自由しないはずよ。食べる物は、わたしが運んであげる」

「何から何まで世話になってしまったな。友香梨、ありがとう」

津坂は礼を言った。

「そんなふうに改まって感謝されると、なんだか照れ臭いな」

「おれには、もったいない彼女だよ」

「ヨイショしなくてもいいから、ウィークリーマンションに着いたら、抱いてほしいな。嘘、嘘！」

友香梨が顔を赤らめ、プリウスを走らせはじめた。津坂は目を細めて、金髪のウィッグの上から恋人の頭を撫でた。

3

白い裸身が硬直しはじめた。

エクスタシーの前兆だ。シングルベッドの軋《きし》み音が刺激的だった。ウィークリーマンションの一室である。

津坂は正常位で、友香梨と体を重ねていた。窓はカーテンで塞《ふさ》がれているが、室内は仄《ほの》かに明るい。まだ午後四時前だった。

二人はごく自然にくちづけを交わし、ベッドの上で睦《むつ》み合いはじめたのである。狭いベッドでは、どうしても動きが限定されてしまう。その分、肌と肌を密着させることになる。それが新鮮だった。

「わたし、もうすぐ……」

友香梨が喘《あえ》ぎ声で言い、控え目に腰を使いだした。結合部の湿った音が男の欲情をそそる。

津坂はダイナミックに腰を躍《おど》らせつづけた。

やがて、二人はほぼ同時にゴールに達した。友香梨は柔肌を震わせながら、愉悦《ゆえつ》の声を洩らした。なまめかしかった。

二人は後戯を施《ほどこ》し合ってから、体を離した。どちらも汗ばんでいた。

「先にシャワーを浴びなよ」

津坂は横向きになって、煙草をくわえた。

友香梨がベッドの下の衣服やランジェリーをひとまとめに抱え、浴室に向かった。くりくりと動くヒップが悩ましい。

津坂はセブンスターの火を消すと、仰向けになった。天井を見ながら、『風の声社』に届いた犯行声明めいた手紙の差出人を推測してみる。

『誠和交易』がライバル社の『旭陽フーズ』を陥れようとしたなら、細工が稚《おさな》すぎるのではないか。築地の郵便局を利用したことが、いかにも作為的《さくいてき》だ。

競合会社の『旭陽フーズ』がわざわざ足のつくようなことはしないだろう。殺された新谷はフリーライターの堺と一緒に二社以外の食品輸入業者を密かに取材していたのか。神尾編集長は新谷を信頼していたようだから、いちいち細かい報告は求めていなかったにちがいない。

大手商社は企業イメージを考えて、中国産の汚染食品など輸入しないだろう。しかし、業界五位以下の準大手や中堅商社は有害物質を含んだ水産物や野菜を輸入しているのかもしれない。

もちろん、厚生労働省の摘発リストに載っている六十品目は買い付けていないだろう。だが、摘発リストから洩れた〝危ない食品〟を中国から大量に輸入し、外食産業や大型スーパーに納めている可能性はあるのではないか。

また、収賄《しゅうわい》の疑いのある厚生労働省の役人が保身のため、第三者に新谷と堺を片づけさせたとも考えられなくもない。さらに、新谷の高校時代の後輩の長沢圭太も殺させた疑いも拭えなかった。

　公務員は総じて保身本能が民間のサラリーマンよりも強い。エリート官僚は出世欲が強い分だけ、臆病で慎重な生き方をしている。賄賂《わいろ》を受け取っていることが発覚したら、それで身の破滅だ。追いつめられて、出世の妨《さまた》げになる人間を誰かに殺害させる気になるかもしれない。

『真相ジャーナル』の敏腕記者だった新谷は、後輩の長沢に告発材料を預けてあったのではないか。あるいは、取材内容を詳しく教えられていたとも想像できる。

　津坂はそこまで考え、新谷と堺がパチンコ業界と警察ＯＢの黒い関係を洗っていた事実も気になってきた。

　抜け目なく生きている警察ＯＢが自らの手を汚すとは思えない。しかし、彼らはアウトローたちを知っている。懲戒免職になった元警官が暴力団組員になったケースは、決して珍しくない。そうした者たちを雇うこともできるわけだ。

　パチンコの換金に違法性があると公言する法律家は多い。〝特殊景品〟が摘発対象になったら、パチンコ台メーカー、機器販売会社、ホール経営者、景品問屋は死活問題だ。そうした関連業者が硬骨なジャーナリストたちを抹殺する気になったとしても、まるでリアリティーのない話ではないだろう。

推測の翼を拡《ひろ》げると、疑わしい者たちは増える一方だった。その中に三件の殺人事件の首謀者がいそうだが、まだ特定することはできない。

友香梨が浴室から出てきた。

津坂は入れ代わりにシャワーを浴びた。浴室を出ると、友香梨が床に置いたコンビニエンストアの袋から中身を取り出していた。数種のペットボトル、缶コーヒー、調理パン、弁当などだった。

「達也さんがシャワーを浴びてる間、すぐ近くのコンビニまで行ってきたの」

「忙しい思いをさせてしまったな」

「ううん、気にしないで。わたしは適当な時間に官舎に戻るから、借りたプリウスを使って」

「そうさせてもらうよ。立て替えてもらった金はいくらになる？」

「わたしが勝手にこの部屋とプリウスを借りたんだから、お金なんかいいの」

「そうはいかないよ。コンビニの代金を含めて、トータルでどのくらい？」

「気が済まないんだったら、事件が片づいたときにお金をいただくわ」

「それじゃ、後でまとめて払うことにしよう」

津坂は身繕《みづくろ》いをして、床に胡坐《あぐら》をかいた。天然水のボトルを摑み上げ、栓を抜く。冷えていた。

「備え付けの冷蔵庫があるから、夕方、食料を買い込んで詰めておくね」

「いや、いいよ。沖だけに動いてもらうわけにはいかないから、おれもレンタカーを使わせてもらって……」

「そうだわ。車の鍵《キー》を達也さんに渡さないとね」

女坐りをした友香梨がバッグの留金《とめがね》を外し、レンタカーのキーを抓み出した。津坂はプリウスの鍵を受け取った。

ちょうどそのとき、友香梨のバッグの中で刑事用携帯電話《ポリスモード》が鳴った。友香梨が目顔で断って、ポリスモードを耳に当てる。

遣《や》り取《と》りから、発信者は多摩中央署の署長とわかった。津坂は息を詰めた。

「ええ、いまは叔父が運び込まれた救急病院にいるんです。狭心症の発作に見舞われたのは二度目なんですが、幸い命は取り留《と》めることができました」

友香梨が電話の相手に言って、小さく舌を出した。津坂は微苦笑し、天然水を口に含んだ。

友香梨が通話を切り上げたのは数分後だった。津坂は先に声を発した。

「堺肇氏の司法解剖は終わったようだな」

「ええ。死亡推定日時は、昨夕の四時半から六時の間ですって。死因は刺し創《きず》によるショック死だそうよ」

「そうか。凶器は、新谷記者の事件と同じだったのかな」

「そこまでは断定できないらしいの。でも、犯行に使われたのは畳針に形状が似た特殊針で、手製かもしれないと解剖医は言ってるそうよ。検視官も同じことを言ったの」

「そう。被害者は即死に近かったんだろうな、脳幹を貫かれたんだから」

「そうでしょうね。苦しまなかったことが救いだけど、堺さんは無念だったと思うわ。新谷記者と一緒に何かスクープする直前だったんでしょうから」

「新谷健吾にも同じことが言えるな」

「そうね」

「とばっちりで殺されたと思われる長沢圭太も気の毒だ。保険金詐欺絡みで新谷記者と長沢は命を奪われたという見方をしてたんだが、そうではなかった。現場捜査をしなくなったんで、おれの勘は鈍《にぶ》ってしまったんだろうな」

「達也さん、自信を持って！　あなたは優秀な強行犯係だったんだから、必ず事件の真相に迫れるわよ」

「頑張ってみるよ。署の刑事課長は、まだおれを疑ってるんだろうな」

「署長の話では、そうね。浜畑課長は、あなたが『落合エルコート』の三〇一号室を訪ねたと確信してるみたいよ」

「ベテラン刑事の直感は鋭いからな。三〇二号室の主婦がでたらめの証言をしたとは思わなかったんだろう」

「そうなんでしょうね」

「当分、張り込みは解除されないな」

「課長は、佐合と大浦の二人を達也さんの自宅マンションにずっと張りつけるつもりなんだと思うわ」

「いい芝居をしてくれた劇団研究生を使ったのは友香梨だと覚《さと》られないだろうか。おれは、それが心配なんだ」

「彼らはどちらも口が堅いから、わたしに頼まれたなんて絶対に言わないと思うわ。演技の勉強してたんだと言い通すわよ。日本刀が模造だってことはすぐにわかるわけだから、二人ともお咎《とが》めなしってことになるでしょう。彼らはシラを切り通してくれるわよ」

「そうなら、きみがまずいことにはならないか」

「わたしのことは心配しないで」

友香梨が言って、日本茶のペットボトルを手に取った。

そのすぐ後、津坂の懐でスマートフォンが着信音を奏《かな》ではじめた。スマートフォンを取り出して、発信者の名を確かめる。沖からの電話だった。

「何かあったのか？」

津坂は問いかけた。

「テレビ局のドキュメンタリー番組のディレクターを装って『誠和交易』の社員たちに探《さぐ》りを入れてたら、外国人の二人組がおれの様子をうかがってたんだよ」

「外国人の二人組だって⁉」

「そうなんだ。二人とも大柄で、二十代の後半だろうな。ひとりは白人の男で、髪は栗色なんだ。瞳は青いな」

「片割れは？」

「黒人だよ」

「そいつらは、いつから沖の動きを探《さぐ》ってたんだ？」

「二十数分前からだよ。おれ、誰かに間違われてるんじゃないかな。外国人の二人組に監視される覚えなんかないからさ」

「人違いなんかじゃないだろう。その二人組は、沖の動きを探ってるんだろうと思うよ」

「誰に雇われたのかな。もしかしたら、『誠和交易』の人間がおれを怪しんで、外国人の調査員でも雇ったんだろうか」

「そいつら二人が何者かわからないが、『誠和交易』に雇われたと考えられるな」

「津坂も、そう思うか。尾行を撒《ま》いて、外国人コンビの正体を突きとめてみるよ」

「二人組は体格《ガタイ》がいいって話だから、逆に尾行してることに気づかれたら、沖は拉致されるかもしれないぞ」

「尾行がバレたら、うまく逃げるよ」

「背丈《タッパ》がある外国人なら、コンパスも長いはずだ。おまえはじきに追いつかれて、取っ捕まるだろう」

「そうだとしても、命まで奪《と》られることはないさ」

「沖は甘いな。そのコンビは人殺しを含めた犯罪請負人かもしれないんだぞ」

「ま、まさか!?」

「六本木を遊び場にしてる不良外国人たちの中には、日本人に頼まれて私刑《リンチ》や復讐代行を請け負ってる奴らがいるんだ」

「おれも、殴り屋稼業をやってる不良白人グループが実在することは知ってるよ。だけど、昔の上海マフィアや不良タイ人のように殺人《コロシ》まで引き受ける外国人はいないだろ?」

「わからないぜ。六本木を根城にしてる元モデルや英会話学校の元講師は定職に就いてない奴らが多いんだ。生活費に困れば、金欲しさに凶悪な犯罪も請け負うだろう」

「そうかもしれないな。津坂、どうすればいい?」

「近くにコーヒーショップがあるか?」

「ちょっと先に『エンゼル』という昔ながらの喫茶店があるよ。神田須田町《すだちょう》一丁目の交差点のそばだな。靖国《やすくに》通りから少し神田駅寄りだよ」

「わかった。おまえは店に入って待っててくれ。正体不明の二人組も店内にいる沖を連れ出したりはしないだろう」

「津坂は神宮前の自宅マンションにいるのか?」

沖が訊いた。津坂は笹塚のウィークリーマンションにいることを明かし、かいつまんで経緯を喋った。

「羽鳥さん、味なことをやるな。いい女だね。津坂の身に何かあったら、おれが彼女の面倒を見てやるよ」

「おまえにその気があっても、友香梨は沖に縋《すが》ったりしないだろう。プライドが高いというわけじゃないが、男の好みはうるさいほうだからな」

「どうせおれはモテないタイプだよ」

「僻《ひが》むな、僻むな！　冗談はともかく、沖は『エンゼル』で待っててくれ。友香梨が借りたプリウスを飛ばして、神田に行く。五十分近く待たせることになるだろうが、必ず行くよ。それまで、おまえは動かないようにな」

「了解！　それじゃ、そういうことで……」

沖が電話を切った。

津坂は友香梨に通話内容を手短に伝え、1DKの部屋を出た。四階だった。津坂はウイークリーマンションを飛び出し、路上駐車中のプリウスの運転席に入った。

車内がBMWよりも狭い。しかし、エンジンは快調だった。

レンタカーを発進させて、甲州《こうしゅう》街道に出る。西新宿の高層ビル群を抜け、靖国通りをひた走りに走った。

須田町一丁目交差点を右折し、神田駅方向に進む。昭和時代の雰囲気を残した喫茶店は、ビルとビルの間にあった。木造モルタル塗りの二階家だった。老朽化が目立つ。

津坂はガードレールにレンタカーを寄せ、周囲を見渡した。

外国人コンビは、どこにもいなかった。尾行を切り上げたのか。津坂はそう思いながら、『エンゼル』の扉を押した。禁煙店ではなかった。

出入口近くのテーブル席に白人と黒人の男が坐っている。どちらも二十代の後半ではないか。沖の動きを探っていた二人組だろう。

沖は奥のボックス席にいた。煙草を吹かしながら、単行本の頁《ページ》を繰《く》っている。

津坂は友人と向かい合うなり、小声で話しかけた。

「出入口のそばにいる奴らだろ、例のコンビは？」

「そう。あいつらも店に入ってきたんで、ちょっと緊張したよ」

「いつ店に入ってきたんだ？」

「二十分ぐらい前かな。外で待ってるうちに、少し休みたくなったんだろう。喉も渇いてたのかもしれない」

沖が言って、上体を反《そ》らした。ウェイトレスが歩み寄ってきたからだ。津坂はブレンドコーヒーをオーダーし、卓上に置かれたコップの水を一口《ひとくち》飲んだ。

ウェイトレスが下がった。

「津坂、どうするよ？」

「こっちがコーヒーを飲み終えたら、おまえは店を出てくれ。それで、ビルとビルの間にある細い道に二人組を誘い込んでほしいんだ」

「おまえ、連中と路地でファイトする気なのか？」

「まともに闘う気はない。二人の外国人にちょっと不意討ちを喰《く》らわせるだけさ」

津坂は答えて、セブンスターをくわえた。一服し終わる前にブレンドコーヒーが運ばれてきた。

津坂は煙草の火を灰皿の底で揉み消し、コーヒーカップを傾けた。

間もなく、コーヒーを飲み終えた。沖が腰を浮かせて、卓上の伝票を掬《すく》い取ろうとする。津坂は黙って首を横に払った。沖は何か言いかけたが、出入口に向かった。津坂はさりげなく振り返った。

外国人コンビが顔を見合わせている。

沖が『エンゼル』を出た。黒人の男がレジに向かった。栗毛の白人男は沖を追って先に店を出た。少し遅れて肌の黒い男が仲間を追う。

津坂は急いで二人分のコーヒー代を払い、レトロな喫茶店を出た。沖は左手にいた。自然な足取りだった。外国人の二人組は足早に沖を追尾していた。

ほどなく沖が脇道に入った。

外国人の二人組が慌てて駆けだし、路地に走り入った。津坂も疾駆《しっく》した。裏道に入ると、上着の内ポケットに縫《ぬ》い付けたホルスターから二本のアイスピックを抓み出した。

津坂は立ち止まった。

アイスピックを連続して投げ放つ。外国人コンビが相次いで太腿の後ろを手で押さえ、前のめりに倒れた。津坂は二人に走り寄って、こめかみを蹴りつけた。

先にキックした白人男が体を丸めた。黒人の男はグローブのような大きな両手で頭を抱え、のたうち回った。

津坂は、さらに男たちの腹部に連続蹴りをくれた。強烈な前蹴りだった。

二人の外国人が手脚《てあし》を縮め、高く低く唸りだした。

「おまえらは誰かに頼まれて、おれの動きを探ってたんだろ？」

沖がブロークンな英語で、外国人コンビに確かめた。栗毛の白人男が癖のある日本語を操《あやつ》った。

「おれたち、誰もマークしてない。おまえ、何か勘違いしてる。そうね」

「ふざけるな」

「おれたち、日本人に迷惑かけてない」

「そっちの名前を聞いておこうか」

津坂は屈《かが》み込んで、白人男に言った。

返事はなかった。津坂はアイスピックの柄を握って、左右に揺さぶった。

「やめろ！　ロッド・ブロンソンだよ。マイケルの苗字はギアね」

「おまえらの雇い主は誰なんだい？」

「それは……」

ロッドと名乗った男が口ごもった。

津坂はマイケルの太腿に刺さったアイスピックを引き抜き、背中に浅く突き立てた。

黒人男が長く唸って、痛みを訴えた。

「依頼人《クライアント》の名を吐かなきゃ、おまえらの全身にアイスピックを交互にぶっ刺すぜ」

「クライアントの男は、おれたちの溜まり場のショットバーにふらりと入ってきたね」

マイケルが怯《おび》えた表情で言った。

「それで？」

「その彼、『誠和交易』の常務をやってると言ってた」

「名前は？」

「麻生《あそう》ね。麻生雄大《ゆうだい》と名乗ったよ。会社の周辺をうろついてる男がいたら、そいつの行動を調べてほしいと言った。それで、ロッドとおれに日本円で二十万円ずつくれた」

「麻生と称した男は、おまえらに連絡先を教えてくれたんだな？」

「ノーね。それ、教えてくれなかった。でも、近いうちに芋洗坂《いもあらいざか》の『スラッシュ』に来ると言ってた」

「おまえらの馴染《なじ》みのショットバーだな？」

「そうね。おれたち、頼まれたことをやってただけよ。日本も、日本人も大好きね。特にジャパニーズガールは気に入ってる」

「麻生って男に余計なことを言ったら、『スラッシュ』に乗り込んで、おまえらを血塗《まみ》れにするぞ」

津坂は凄んで、二本のアイスピックを同時に引き抜いた。

4

立ち上がったときだった。

津坂は、沖に腕を摑まれて引っ張られた。外国人の二人組から四、五メートル離れた路上で友人が足を止めた。

「津坂、やりすぎだよ。おまえは元刑事じゃないか」

「悪党どもは、どいつも強《したた》かだからな。あれぐらいやらなきゃ、口を割らないんだ」

「それにしても、痛めつけすぎだって。それはそうと、マイケルとロッドをどうする？」

「少し先にビル解体工事現場があるが、作業員たちの姿は見当たらないな。あそこに二人を連れ込んで、『誠和交易』の麻生って常務と対面させよう。『誠和交易』の本社ビルは、この近くにあるんだよな？」

「歩いて数分の所にあるよ。しかし、常務が社内にいるかどうかわからない」

「そうだな。マイケルとロッドをビル解体工事現場に連れ込んだら、おれは『誠和交易』に行く。それで模造警察手帳を使って、麻生常務を外に連れ出すよ」

「どうやって連れ出す？　相手に怪しまれるんじゃないのか。おれは、そう思うね」

「警視庁に麻生を射殺するという殺人予告電話がかかってきたことにするんだよ。命を狙われてると言われたら、常務は警察に保護される気になるだろう」

「ああ、それはな。しかし、うまく事が運ぶだろうか。その前に、麻生という常務が社内にいるかどうかわからないぞ」

「だな。常務が社内にいなかったら、ロッドとマイケルは解放してやろう。『スラッシュ』というショットバーを溜まり場にしてるという話は嘘じゃないだろう。あの二人は、いつでも押さえられると思うよ」

「そうかな」

「まずロッドたち二人をビル解体工事現場に連れ込もう。沖、ちょっと手を貸してくれ」

「わかった」

沖が快諾《かいだく》した。津坂は体を反転させ、アイスピックをちらつかせて二人の外国人を立ち上がらせた。

ロッドとマイケルは傷口を庇《かば》いつつ、ビル解体工事現場まで歩いた。五階建てのビルの外壁と内壁はあらかた壊されていたが、鉄筋の骨組みはそのままだった。

津坂は鉄製支柱に白人男と黒人男を凭《もた》れ掛からせ、尻《しり》を落とさせた。二人のベルトを引き抜き、それで後ろ手に括《くく》る。鉄骨に縛りつける形だった。

「おれたちをどうする気？」

マイケルが不安顔で津坂に訊いた。

「殺しはしないから、そんなにビビるなって」

「そう言われても……」

「おまえらは依頼人が『誠和交易』の麻生とかいう常務だと言ってたが、それが事実かどうか確認したいのさ」

津坂は言うなり、マイケルの頬をきつく挟みつけた。力を込めると、間もなくマイケルの顎の関節が外れた。

黒人の男は喉の奥で唸り、苦しそうに顔を振りはじめた。半開きの口から涎《よだれ》が滴《したた》り落ちている。津坂はロッド・ブロンソンの顎の関節も外した。沖は驚いた様子だったが、制止はしなかった。

「こいつらは逃げられないし、沖に襲いかかったりもできないだろう。でも、一応、見張りを頼むぞ」

「ああ、わかった」

「『誠和交易』までの道順を教えてくれ」

津坂は友人に言った。沖の説明はわかりやすかった。津坂はビル解体工事現場を出て、目的の会社に急いだ。

『誠和交易』の本社ビルは、二百数十メートル先にあった。八階建ての自社ビルだった。

津坂は一階ロビーに足を踏み入れ、受付に直行した。

「いらっしゃいませ」
二十三、四歳の受付嬢が笑顔を向けてきた。
津坂は模造警察手帳を呈示《ていじ》し、作り話を澱《よど》みなく喋った。

「麻生常務を射殺するという殺人予告電話があったんですか⁉」

「そうなんですよ。で、警察で麻生さんを保護することになったんです。常務は会社にいらっしゃいますね？」

「はい、おります」

「近くに警察車輛を待機させてますので、大至急、麻生常務に殺人予告のことを伝えてくれませんか」

「た、ただいま……」

受付嬢が震える手でクリーム色の内線電話機の受話器を取り上げた。

津坂は忙《せわ》しなく周《まわ》りに目を配った。狙撃者が迫っているかどうか確かめる振りをしたのである。

受付嬢は二分ほどで、通話を終えた。顔面蒼白だった。唇も震えている。

「麻生常務は、すぐ受付に降りてまいります」

「そう。ありがとう」

「あのう、社長、副社長、専務の三人は命を狙われていないのでしょうか？」

「いまのところ、殺人予告はないんですよ。しかし、ほかの役員たちも標的にされるかもしれないな」

「なぜ、当社の役員たちが狙われることになったのでしょう？」

「それは、まだわかりません」

津坂は口を閉じ、受付から数メートル離れた。待つほどもなく、奥のエレベーター乗り場から五十七、八歳の男が現われた。額が大きく後退しているが、まだ若々しい。

「常務の麻生雄大さんですね？」

津坂は確認してから、平凡な姓を騙《かた》った。

「わたしがなぜ命を狙われることになるのかな」

「狙撃者が会社の周辺にいるかもしれません。早く捜査車輛に乗っていただきたいんですよ」

「は、はい」

「車は二百数十メートル先に待機させています」

「なんで会社のそばに車を待たせておいてくれなかったんですか。移動中に撃たれてしまうかもしれないでしょ？」

麻生は納得いかない様子だった。

津坂は問いかけを黙殺して、常務を外に導《みちび》いた。麻生の片腕に手を添えつつ、ビル解体工事現場に急ぐ。常務は息を弾ませながらも、歩度《ほど》を落とさなかった。死の恐怖を感じているのだろう。表情が暗い。

やがて、二人は裏通りに入った。

「警察の車が見当たらないようだが……」

「もう少し奥に待機させてるんですよ」

津坂は歩きながら、麻生の片腕を強く摑んだ。逃走されることを懸念《けねん》したのである。

「刑事さんは二人一組で捜査活動をされてるんでしょ？」

「通常はそうですね。しかし、緊急時には単独で行動することもあるんです」

「そうなんですか」

「あっ、前方に動く人影が見えましたね」

「えっ、そうですか。わたしには、そういう不審者の影は見えなかったがな」

麻生が首を捻った。

「いましたよ、怪しい男が。後方には、仲間がいるのかもしれません」

「そうだとしたら、挟み撃ちされることになるんじゃないの？　このまま歩いてたら、危険だな」

「おっしゃる通りですね。いったん身を隠しましょう」

津坂はそう言い、麻生をビル解体工事現場に連れ込んだ。麻生が二人の外国人の姿に気づいた。

「あの男たちを知ってるね。マイケル・ギアとロッド・ブロンソンだ。あんたは六本木の『スラッシュ』というショットバーで、あいつらに二十万円ずつ渡して頼みごとをしたんじゃないのかっ」

「わたしは、あの二人とは会ったこともないよ。彼らは何者なんだね？」

「六本木で遊んでる不良外国人だ。多分、どちらも国籍はアメリカだろう」

津坂は麻生の背を押し、マイケルとロッドの前まで歩かせた。麻生が沖に視線を当てながら、津坂に話しかけてきた。

「きみら二人は本当に警視庁の刑事なのかね？　わたしの命を狙ってる奴がいるという話は……」

「作り話だよ」

「きみらは何者なんだっ」

「自己紹介は省《はぶ》かせてもらう」

津坂は麻生に言って、マイケルとロッドの顎の関節を元の位置に直した。息を長く吐いたロッドが麻生の顔をしげしげと見た。

「その男、誰なの？」

「麻生常務だよ、『誠和交易』のな」

「そこに立ってるのは、おれたちに二十万円ずつくれた男じゃない。麻生と名乗った彼とは別人ね。な、マイケル？」

「違う男ね。その彼、麻生さんじゃないよ。顔が全然違う」

マイケルが相槌《あいづち》を打った。津坂は沖と顔を見合わせた。二人の外国人を雇った男は、麻生の名を騙《かた》ったにちがいない。

津坂は麻生に踵《きびす》を返させ、工事現場の前の裏通りに押し出した。

「あんたは、不良外国人の二人を雇ってないようだな」

「わたしに成りすました奴は、彼らに何を頼んだんだ？」

「そいつは、『誠和交易』の周辺を嗅ぎ回ってる奴がいたら、動きをチェックしてくれとマイケルたち二人に頼んだらしい。あんたが雇い主でないことはわかった」

「役員、わたしは彼らとは一面識もないっ」

「あんたを疑ったことは悪かった。申し訳ない。しかし、『誠和交易』の役員の誰かがあんたに成りすまして、マイケルとロッドを雇った可能性はゼロじゃないな。あんた、役員の誰かと反《そ》りが合わないんじゃないのか？」

「そんなことはない。社長、副社長、専務の三人はわたしに揃って目をかけてくれてるんだ。わたしも社長たち三人を尊敬してるし、慕《した》ってもいる。役員の誰かが、わたしを陥れるわけない」

「そうかな」

「どうしてそう考えるんだ？」

「あんたの会社は中国から汚染された食品を大量に輸入してる疑いがある。それだけじゃない。食品輸入の際《さい》、検疫検査員にモニタリング検査を甘くさせてるんだろう。金で抱き込んでな。厚労省の幹部たちにも袖の下を使ってると思われる」

「そんなことはしていないっ」

麻生が言下《げんか》に否定した。

「もう観念しろよ」

「我が社が中国産の有毒食品を輸入してると思ってるのか？」

「『真相ジャーナル』の新谷記者とフリーライターの堺という人物がその証拠を摑んで、ペンで告発する気だったんだよ。しかし、新谷記者は先月の夜、渋谷署管内で殺害された。そしてきのうの夕方、堺肇さんは多摩市の自宅マンションで殺られてしまった」

「どちらの事件もマスコミ報道で知ってるが、『誠和交易』が関わってるわけはない」

「くどいようだが、殺された二人は『誠和交易』と『旭陽フーズ』が中国産の汚染された水産物や野菜なんかを輸入しつづけてる事実を押さえてるんだ。検疫検査員や厚労省の幹部役人に鼻薬をきかせて、モニタリング・チェックをスルーさせてるね」

津坂は、はったり《ブラフ》を口にした。麻生が溜息をついて、伏し目になった。

「やっと不正輸入を認めたか」

「大手商社から零細の貿易会社まで、いま現在も中国から安い有害食品を輸入してる。我が社や『旭陽フーズ』だけじゃないんだ。除草剤、殺菌剤、二酸化硫黄、大腸菌群で汚れた食品を摂取《せっしゅ》したからといって、重篤《じゅうとく》な病気になるわけじゃない。高級食材でも中国産なら、安く消費者は買えるわけだよ。そうしたメリットもある。厚労省の摘発リストに六十品目が載ってるが、ちょっと神経過敏になってると思うね」

「身勝手な言い分だな。企業が利潤を追い求めることは当然だろう。しかし、儲かれば、法やモラルは無視してもいいのか。それじゃ、ただの拝金主義者じゃないか。銭に振り回されてる多くの中国人のことを笑えない」

「しかし、日本は自国では食料を賄《まかな》えないんだ。安い輸入食品を供給しなければ、庶民の食生活はいっこうに豊かにならない。少々のルール違反は大目に見てもらわないとね」

「それは企業の論理だな。商道に悖《もと》る。人間として、考え方が下劣《げれつ》だよ」

「そんな綺麗事を言ってたら、日本の経済は回らない。いくら日銀が大胆な金融緩和をしても、昔みたいに景気はよくならないだろう」

「これ以上、あんたと論争しても話は平行線のままだ。ストレートに訊く。あんたの会社は殺し屋を使って、『真相ジャーナル』の記者だった新谷健吾とフリージャーナリストの堺肇を葬らせたんじゃないのかっ。もしかしたら、新谷記者の高校の後輩の長沢圭太もな。新谷は長沢に告発の証拠を預けてたかもしれないんだよ」

「我が社を殺人商社呼ばわりするな！　中国から有害物質を含んだ食品を輸入してたことを暴かれたとしても、そんなギャングみたいなことをするわけないじゃないかっ」

「なら、あんたを陥れようとしたのは『旭陽フーズ』なのかな。ライバル会社が逆転を狙ったのかな。いや、そうじゃないだろう」

「どの貿易会社も、それなりのプライドがある。裏社会と同じようなことをするはずないっ」

麻生は憤《いきどお》りを露《あらわ》にし、小走りに走り去った。

一一〇番されたら、面倒なことになる。津坂は解体工事現場に駆け戻って、手早くマイケル・ギアとロッド・ブロンソンのベルトを緩めた。

冷やかし客だろう。

『古堂』の店主はそう直感し、読みかけの夕刊に目を戻した。

夕闇が濃い。きょうは午前中に散歩のついでに七十年配の夫婦が店を覗いたきりで、午後六時過ぎに訪れた三十半ばの男が二人目の客だった。

同棲している亜弓は早朝、女友達のスポーツカーに同乗して伊豆に出かけた。今夜は下田《しもだ》のホテルに泊まる予定になっている。

店を閉めたら、赤坂の秘密SMクラブに出かける気でいた。主《あるじ》は亜弓には内緒で、その秘密SMクラブの会員になった。一年近く前のことだ。

入会金もプレイ代も安くはない。だが、それだけの価値はあった。魅惑的な真性のM嬢が五人もいる。店主は全員とSMプレイに興《きょう》じていた。

鮫皮《さめがわ》で白い肌を乱暴に擦ると、どのマゾヒスト嬢もうっとりとした表情を見せる。三角形の背を持つ木馬に跨《また》がらせても、誰も怒らない。飾り毛を乱暴に引き抜くと、悦《よろこ》びの声をあげる。それだけで体の芯《しん》を潤《うる》ませるM嬢もいた。

多くの人間は潜在的にSとMの要素を併《あわ》せ持っているものだ。状況やパートナーによって、どちらかが色濃くなる。

だが、数こそ少ないが、百パーセントのマゾヒストもいる。男女比は女のほうが多い。店主は物心ついたころから、他人をいたぶることに快感を覚えるようになった。

なぜ、サディストになったのかは自分ではよくわからない。とにかく、他人が苦痛に耐えている姿を見ると、性的に興奮する。精神のどこかが歪んでいるのだろう。

しかし、その性癖を直そうと思ったことはなかった。たった一度の人生だ。できるだけ愉《たの》しみたい。

「ベネチアン・グラスの掘り出し物がないかと思ったんだが……」

客が江戸切子をぼんやりと眺めながら、声をかけてきた。

「あいにくベネチアン・グラスは切らしてしまったんですよ。その代わりといってはなんですが、宋代の名品があります。ただし、蓋《ふた》の一部が破損してますけどね」

「中国陶磁か」

「ええ、そうです。青磁多嘴壺《せいじたしこ》と呼ばれてる傑作中の傑作ですよ。大変な逸品です。欠けてなければ、当然、数千万円の値がつくでしょう」

「おれ、中国も中国人も大嫌いなんだよね。中国人は自分の国は世界の中心だと考え、漢族の古代の呼び名の〝華夏〟という二つの言葉を組み合わせて中華《チヨンホウ》と言うようになったらしいじゃないか」

「お客さん、学《がく》があるんですね。難しいことはわかりませんが、わたしは図々しくて金銭欲の強い中国人が好きじゃありません。はっきり言えば、軽蔑してますね」

「そうなの」

「お客さんとは、なんだか話が合いそうですね。よかったら、一緒に一杯飲《や》りませんか?」

「せっかくだけど、これから人と会う約束があるんだ。また寄らせてもらうよ」

客が言って、店を出た。そう見えたが、男は去ったわけではなかった。『古堂』のシャッターを勝手に下ろし、主に近づいてきた。

その右手には、消音器を装着した拳銃が握られていた。店主は目を凝らした。オーストリア製のグロック32だった。

「強盗だったのか」

「現金や骨董品をかっぱらう気はないよ」

「狙いは何なんだ?」

「平井の廃工場で中国人の温徳江《ウェントーチアン》に誓約書を認《したた》めさせたよな?」

「誓約書?」

「ばっくれるな。温徳江《ウェントーチアン》が買い漁った日本のビルやマンションをすべて相場の十分の一の値であんたに譲ると書いた念書のことだよ。おれは温《ウェン》と親交のあるチャイニーズ・マフィアの大幹部に頼まれて、その念書を取り戻しに来たわけさ」

男がスライドを滑らせ、初弾を薬室《チャンバー》に送り込んだ。

「念書はくれてやる。だから、撃たないでくれーっ。参考までに、チャイニーズ・マフィアの大幹部の名を教えてくれないか」

「いいから、立て。椅子から立ち上がって、すぐに温《ウェン》が書いた念書を持ってくるんだ」

「言われた通りにするよ」

店主は椅子から腰を浮かせ、大正時代の文鎮を陳列台から掴み上げた。すぐに文鎮を投げつける。的《まと》は外さなかった。

男が呻いた。消音器から九ミリ弾が吐き出された。文鎮をまともに眉間に受けた男は棒立ち状態だった。

店の主は前に跳《と》んだ。男の水月《すいげつ》に逆拳《ぎゃくけん》を叩き込み、グロック32を奪い取る。拳《こぶし》を鳩尾《みぞおち》に喰《く》らった相手は頽《くずお》れた。

店主は、グロック32に嚙ませた消音器の先端を男の顔に突きつけた。

「誰に頼まれた？」

「歌舞伎町の中国人社会を仕切ってる唐《タン》さんだよ。上海《シャンハイ》グループの大幹部さ」

「上海マフィアにそんな名の男はいないはずだ」

「なんでそんなことまで知ってるんだよ⁉」

「わたしは中国人嫌いなんで、日本で悪さをしてるマフィアどものメンバーを調べ上げたんだ。いつかチャイニーズ・マフィアたちを皆殺しにしてやるつもりなんだよ」

「本当に唐《タン》と称してる大幹部に頼まれたんだよ、彼の本名は知らないけどな」

「おまえ、目は悪くないんだろ？」

「え？」

「眼鏡をかける必要はないんだろうと言ってるんだ」

「両目とも裸眼で一・二だよ」

「それなら、外耳はなくてもいいな？」

「えっ⁉」

男が声を裏返らせた。

店主は一メートルほど退《さ》がって、ハンドガンの引き金を無造作に絞った。サイレンサーから空気が洩れる。放った銃弾は男の右耳の上半分を吹っ飛ばして、甲冑《かっちゅう》に着弾した。排莢《はいきょう》された薬莢が床で跳《は》ねた。

男が耳を押さえて、うずくまった。右手の五指はたちまち鮮血に染まった。

「おまえの雇い主に見当はついてる」

「唐《タン》という大幹部に頼まれたと言ったじゃないか」

「そんなに喋れるのは、痛覚が鈍いんだろうな。左耳も撃ち砕いてやるか」

「もう勘弁してくれよ」

「雇い主は鷲塚治重だな？」

「えっ、なんで……」

「やっぱり、そうだったか。裏切り者め！　たっぷり仕返しをしてやる」

「お、おれをどうするつもりなんだ？　殺す気なのか」

「寝返って協力する気があるんだったら、撃ち殺さないよ。鷲塚に忠義を尽くすというなら、死んでもらう」

「鷲塚さんは、なんか信用できないんだよな。だから、あんたと手を組んでもいいよ」

「思い上がるな。わたしと手を組むんじゃない。おまえは、ただの使い走りさ。いいな？」

「わかったよ」

「なんて名だ？」

「森一成《もりかずなり》だよ。二十二、三のころ、鷲塚さんと同じ右翼団体に属してたんだ。でも、エセ右翼の集団だとわかったんで、おれは脱けたんだよ。その後いろんな仕事に就いたんだが、どこも派遣《はけん》だった。二カ月前に倉庫会社を解雇されたんで、鷲塚さんの中古車販売会社で雇ってもらおうと思ったんだ。だけど、人手は足りてると言われて……」

「温《ウェン》の念書を奪ってこいと、この拳銃を渡されたんだな？」

「そう。で、おれは何をやればいいんだよ？」

「それは後で指示する。とりあえず耳の出血を止めてやろう」

店主はグロック32の安全装置を掛けた。

第四章　密謀の輪郭

1

ＢＧＭはハードロックだった。

六本木のショットバー『スラッシュ』だ。客の大半は外国人だった。白人の数が多いが、黒人やアジア人の姿も見える。

波形のカウンター席しかない。ほぼ客で埋まっている。バーテンダーは四人もいた。

津坂は、カウンター越しにバーテンダーのひとりに声をかけた。

「この店に防犯カメラはないようだね」

「どちらさまでしょう？」

「警視庁の者なんだ」

「嘘でしょ？　警官《マッポ》に見えないっすよ」

バーテンダーは疑っている様子だった。津坂は上着の内ポケットから模造警察手帳を取り出し、表紙だけを見せた。

「へえ、本当に刑事さんだったんだ」

「「マイケル・ギアとロッド・ブロンソンは、この店の常連なんだろう？」あの二人は毎晩のように来てるっすよ。あまり金は落としてくれないっすけどね」

「マイケルたちに何か頼んだ日本人の男がいると思うんだが、そいつを見なかったかな？」

「あいつら、何か悪事の片棒を担いだんすか。そうなんでしょ？　二人は金回りがいいほうじゃなかったからな」

「こっちの質問に答えてくれないか」

「あっ、すみません！　何日か前にマイケルとロッドに話しかけてる日本人の男を見かけた記憶はあるっすよ。けど、よく憶《おぼ》えてないな」

「いくつぐらいの男だった？」

「そう若くはなかったけど、あまり印象に残ってないっすね」

「ちょっと同僚たちに訊いてもらえないだろうか、その男を見たかどうか」

「見ての通り、忙しいんすよ」

バーテンダーが渋った。津坂は、折り畳んだ一万円札を相手に握らせた。とたんに、バーテンダーの表情が和《なご》む。

「いいんすか、貰っちゃって」

「煙草でも買ってくれよ」

「悪いっすね」

「こっちこそ仕事の邪魔をして、申し訳ないと思ってる」

津坂は言った。バーテンダーが手を横に振って、すぐに同僚たちに歩み寄った。津坂の前に戻ってきたのは、およそ五分後だった。

「同僚のひとりはマイケルたちに話しかけた日本人の男を見かけたことを思い出したんすけど、記憶がぼやけてるらしいんすよ。だから、年恰好もよく憶えてないみたいっす」

「ほかの仕事仲間たちは、その客のことをまったく記憶してないんだね？」

「ええ、そう言ってました」

「その男がマイケルとロッドに話しかけてるとき、近くに客はいたのかな？」

「あの二人のそばにいた客までは、ちょっと憶えてないな」

「そう。いつもBGMは大音量で流してるの？」

「バラード系のナンバーは音を絞るっすけど、ロックはボリュームを上げてるっすよ。外国人の客たちは陽気に飲んでるんで、そのほうが評判いいんっす」

「そうなら、近くにいる客の会話はよく聞き取れないだろうな」

「大声で会話してれば、聞き取れるでしょうね。けど、普通のトーンの遣り取りは耳に届かないと思うっす」

「なら、客のひとりひとりに声をかけても手がかりは得られそうもないな」

「多分、無駄骨を折ることになるっすよ」

「だろうね。営業妨害しちゃったな。ありがとう！」

津坂は『スラッシュ』を出た。

ちょうどそのとき、向かいのイタリアン・レストランから沖が現われた。津坂は大股で友人に近づいた。

「店で防犯カメラの映像を観《み》せてもらえた？」

「ああ。しかし、防犯カメラの角度が下向きだったんで、『スラッシュ』の客までは映ってなかったんだ」

「そいつは残念だな。こっちも収穫はなかったよ」

「マイケルとロッドに二十万円ずつ渡した男は、店の外で二人に金を渡したんじゃないかな。ショットバーの中で金を渡したら、店の従業員やほかの客たちに不審がられるだろうから」

「そうだな。マイケルたちは、『スラッシュ』から少し離れた路上で金を受け取ったのかもしれないぞ。沖、この通りの飲食店を一軒ずつ訪ねて映像を観せてもらおう」

「そうするか。おれはイタリアン・レストラン側を回る。津坂は反対側の店を訪ねてくれよ」

　沖が言った。津坂は同意した。

　すぐに二人は行動に移った。津坂は偽の警察手帳を見せて、各店で協力を求めた。だが、二店では画像を観せてもらえなかった。警察に対して、あまりいい感情を持っていないのだろう。

　協力を得られた飲食店は五店だった。しかし、どの録画にもマイケルやロッドの姿は映っていなかった。

　津坂は、路上に駐めたレンタカーに足を向けた。プリウスのそばに、沖が立っていた。

「捜査関係者じゃないんで、映像を観せてくれたのは二店だけだったんだ。それも、徒労に終わったよ。津坂のほうはどうだった？」

「こっちも同じだよ」

「そう。マイケルたちは自分の塒《ねぐら》にタクシーで帰ると言ってたが、怪我のことで運転手に何か訊かれたんじゃないだろうか？」

「二人とも危《ヤバ》いことをやってそうだから、怪我したことを警察に知られたくなかったんじゃないかな」

「だから、タクシー運転手には怪我のことを話さないだろうってことか？」

「おれは、そう思ってる。仮にどちらかが警察に駆け込んでも、こっちがあいつらを痛めつけたことはバレるはずない。模造警察手帳の身分証明書や顔写真を見せたわけじゃないからな」

「別に不安がることはないか」

「と思うよ」

「マイケルとロッドを雇ったのは、『旭陽フーズ』とは考えられないか？」

「その線はないだろう」

「どうして、そう思ったんだ？」

沖が質問した。津坂は、『風の声社』に送りつけられた犯行声明めいた手紙のことに触れた。

「消印が築地郵便局なら、『旭陽フーズ』は一連の事件にはタッチしてないんだろう。あの会社の本社は築地にある」

「『誠和交易』がライバル社の仕業に見せかけて殺人予告を含めた犯行声明の手紙を『凪の声社』に送った疑いもあると思ってたんだが、作為が透けて見えるよな？」

「ああ。『誠和交易』もシロなんだろうな。そうなると、中国から有害食品を輸入してる別の商社が臭くなってくる」

「そうなんだが、連続殺人事件の首謀者は少し手の込んだミスリード工作をしたのかもしれないぞ」

「津坂、もっとわかりやすく説明してくれ。敵は商社関係者じゃないかもしれない？」

「新谷・堺コンビが、中国産汚染食品の輸入業者をペンで告発する気でいたことは間違いないだろう。しかし、二人が取材してたのはそれだけじゃなかった」

「ああ、新谷記者たちは警察関係者とパチンコ業界の癒着ぶりを暴く気でいた。そっちの関係者が新谷記者と堺さんを殺《や》ったんだろうか。堺さんが始末される前には、新谷さんの高校の後輩の長沢圭太も殺害されてる」

「そうだな。長沢は損保会社に勤めてて、告発には関わってなかった。だが、先輩から警察ＯＢとパチンコ業界との腐れ縁のことを聞かされてた可能性はあるぞ」

「それだけじゃない。新谷記者は、告発の証拠を後輩の長沢に預けてたとも考えられるね」

「そんなふうに筋を読めば、三人が殺害されたことの説明はつく。津坂、元の職場からパチンコ関連会社に天下った警察ＯＢのリストを手に入れられないか？」

沖が言った。

「それはできなくもないな」

「だったら、リストを入手しろよ。警察ＯＢの中に一連の事件の犯人がいるかもしれないんだから」

「警察ＯＢのリストは、できるだけ早く手に入れるよ。ただ、怪しいのは警察ＯＢだけじゃない」

「その通りだな。パチンコ関連業者も疑わしい。特に特殊景品を扱ってる会社がな。違法性があるビジネスだと国会で騒がれて特殊景品の卸しを禁じられたら、会社は間違いなく倒産するだろう」

「そうだろうな。その会社に再就職した警察ＯＢは焦るだろうが、経営者はもっと慌てるにちがいない」

「うん、あるな」

「明日から、その線を洗ってみようや」

「ああ、そうしよう。沖、おれの店で軽く飲むか？」

「いや、自宅に戻って書きかけの原稿を書くよ」

「なら、おまえのマンションまでレンタカーで送ろう」

津坂は言った。

「六本木からなら、地下鉄で帰ったほうが早いだろう」

「遠慮するなよ。おれ、今夜は店に顔を出さずに笹塚のウィークリーマンションに戻るつもりなんだ」

「別に遠慮してるわけじゃない。時間的に早く帰宅できると判断したんだよ。明日、電話する」

沖が軽く片手を挙げ、六本木駅に足を向けた。津坂はプリウスの運転席に腰を沈めた。一息入れてから、半田刑事部長に電話をかける。

スリーコールの途中で、通話可能状態になった。津坂は隠れ捜査の経過報告をしてから、パチンコ関連会社に再就職した警察ＯＢのリストが欲しいと告げた。

「中国から有害食品をいまだに輸入してる貿易会社はシロという心証を得たんだね？」

「ええ。『誠和交易』も『旭陽フーズ』も、一連の事件《ヤマ》には関わっていないと思います」

「そうか。きみがそういう心証を得たんなら、そうなんだろう。警察ＯＢの受け皿として、昔から警備会社、運輸会社、パチンコ業者との縁は深い。警察出身者を社員に迎えれば、睨みが利くようになる」

「でしょうね」

「警察官上がりは潰しが利かない。受け入れてくれる会社があることはありがたいだろうが、腐れ縁に陥りやすい。警察社会はＯＢにも、ずっと身内意識を持ってる。退職者に頼まれて、ちょっとした警察情報を流してしまうケースがあることは公然たる秘密だ。もちろん、いいことじゃないがね」

「その程度なら、かわいいもんですよ。警察ＯＢの知人の交通違反や軽い傷害なら、揉み消しています」

「耳が痛いが、そうした事実はある」

「刑事部長、パチンコ関連会社の専務をやってる本庁の元課長について、いろいろ噂が耳に入ってるでしょ？」

「以前、組織犯罪対策部暴力団対策課の課長だった和気《わけ》公啓《きみひろ》は三年前に早期退職して、パチンコの特殊景品の卸しをやってる『トーア商事』に天下った。一年ほど総務部長をやってたんだが、翌年には専務に昇格した」

「会社にいろいろ貢献したんでしょうね。ビジネスが違法にならないよう警察官僚や政治家に働きかけたにちがいない」

「ああ、おそらくね。和気の年収は五千万円を超えてるらしい。六十二歳なんだが、二十代の愛人を囲ってるそうだ」

「役員報酬以外にも、余禄《よろく》があるんじゃないですか？」

「そうなのかもしれないな。和気は本庁組対部の課長時代にも暴力団組長たちの接待をちょくちょく受けてたんで、警務部人事一課監察にマークされてた。金品も貰ってたようだが、その証拠は押さえられなかったらしい」

「そうなんですか」

「和気はあくまでも薬物の密売をしてる疑いのある組織に探りを入れる目的で、各組の親分たちと会食していたと主張して、懲戒免職にはならなかったんだよ」

「懲戒免職になったら、退職金は一円も貰えなくなりますよね？　それだから、早期退職して『トーア商事』に移ったんでしょう」

「そう勘繰られても仕方ないだろうな。悪徳警官の何人かがパチンコ関連会社に再就職してるが、和気のようにスピード出世した者はいないはずだ」

「そうでしょうね」

「一応、警察ＯＢの全リストを管理官に集めてもらうが、和気公啓の存在が最も気になるね。『トーア商事』の専務に収まってる男の私生活も少し調べさせよう」

「よろしくお願いします」

「わかった。そうそう、明日、多摩中央署に捜査本部が設置されることになったよ。捜一殺人犯捜査七係の連中を所轄に詰めさせるつもりだ」

「結局、初動捜査では容疑者は浮上しなかったんですね？」

「機捜初動班から、そういう報告が上がってきた。多摩中央署の浜畑刑事課長は、津坂君が被害者の堺肇の部屋から出てくるところを隣室の主婦が目撃したという証言を得たんで、きみを怪しんでるようだがね。津坂君は『落合エルコート』になんか行ってないよな。事件当日、きみは鶴牧東公園で羽鳥さんに忘れ物を渡してたんだろ？」

半田の語尾には笑いが含まれていた。

「機捜の初動班から、彼女が証言したと聞かれたんですね？」

「そうだ。きみも羽鳥さんも嘘をつくような人間じゃない。多摩中央署の刑事課長も、そのうち必ず納得するだろう。頼まれたリストは、明日には渡せると思う」

「わかりました」

津坂は電話を切った。

警察ＯＢは警戒しているのだろうか。

2

和気はこの二日間、怪しい動きは見せなかった。

津坂はレンタカーの運転席から、『トーア商事』の表玄関に目を注いでいた。新橋《しんばし》のオフィス街は、暮色の底に沈みかけている。

パチンコの〝特殊景品〟を卸している会社は西新橋二丁目にあった。四階建ての細長いビルだが、自社の建物だ。

半田刑事部長から和気に関する個人情報を得たのは、一昨日の午前中だった。警察ＯＢは北区滝野川《たきのがわ》二丁目の戸建て住宅で、二つ年下の妻と二人で暮らしている。長女はすでに嫁ぎ、二十九歳の長男は大阪で働いていた。ビールメーカーの支社勤務だった。

和気は二十七歳の愛人を麻布十番のマンションに囲っている。相沢瑞穂《あいざわみずほ》という名で、元ＯＬだった。瑞穂は石油販売会社で働きながら、週に二日ほど銀座のクラブでヘルプをしていた。

和気はセクシーな瑞穂を熱心に口説《くど》き、一年数カ月前に愛人にした。月々の手当は、複数のパチンコ店に肩代わりさせている。愛人手当は八十万円だった。二十万円ずつ負担している四店のパチンコ屋は、それぞれ和気に弱みを握られているのだろう。

津坂は一昨日の正午過ぎから、『トーア商事』の近くで張り込みをしてきた。和気は一昨日もきのうも職場を出ると、まっすぐ帰宅した。パチンコ業界の人間と外で接触することはなかった。

友人の沖には、パチンコ台製造会社、機器販売会社、パチンコホール、景品問屋で構成されている『全日本遊技関連事業連合会』という社団法人の事務局の様子をうかがってもらった。事務局は台東区《たいとう》内にある。

沖の報告によると、そちらにも気になるような動きはなかった。警察ＯＢかパチンコ関係業者が麻生雄大に成りすましてマイケルとロッドを雇った疑いがあると推測してみたのだが、そうではなかったのか。津坂は次第に自信が揺らぎはじめた。

自分の筋の読み方は間違っていたのだろうか。しかし、新谷記者に〝特殊景品〟の違法性を告発キャンペーンで取り上げられたら、世論に影響を与えるだろう。〝特殊景品〟が法的に違反だということになったら、多くのパチンコホールや『トーア商事』は倒産に追い込まれるだろう。

そう考えると、彼らには犯行動機があるわけだ。そのことは無視できない。パチンコ業界が廃《すた》れたら、退職警官たちの受け皿の数は減ってしまう。

和気公啓が業界に再就職した警察OBたちと謀《はか》って、告発する気でいた新谷記者と堺をこの世から葬り去ったという疑念はどうしても拭えない。

だからといって、関連会社の人間が直《じか》に手を汚すことはないだろう。業界で最も出世した和気が何らかの方法で実行犯を見つけたのではないか。

疑惑点はある。しかし、根拠と言える裏打ちはない。単なる思い込みにすぎないのか。

津坂はスマートフォンを使って、沖に連絡を取った。

「事務局長が外出して、殺人《コロシ》の実行犯と思われる人物と接触する気配はうかがえないか？」

「そういう様子はないな。それから、アウトローっぽい男が事務局を訪ねてもいないよ」

「そうか」

「津坂のほうに動きは？」

「ないんだよ、相変わらず。マークした和気は張り込まれてることに気づいて、警戒心を強めたんだろうか」

「そうだとしたら、和気は『全日本遊技関連事業連合会』にも警戒を促《うなが》すな。それだから、誰も尻尾《しっぽ》を見せないのか」

「そうも考えられるが……」

「津坂、どうした？」

「もしかしたら、おれは筋の読み方をミスったのかもしれないな。よく考えてみれば、和気は元警察官なんだ。殺人は教唆《きょうさ》を含めて割に合わないことを誰よりも知っているはずだよ」

「そうだろうが、人間は追いつめられたら、分別《ふんべつ》や後先《あとさき》のことなんか考えないいんじゃないのか。現に現職や元警官が人殺しをしてしまったケースは一例や二例じゃない」

「おまえの言う通りなんだが、和気公啓は若い時分から要領よく狡《ずる》く立ち回ってきたにちがいない。そんな男が殺人事件の首謀者になるだけの開き直り方はできないと思うんだよ」

「そう言われると、そんな気もしてきたな。パチンコホール経営者の中には、やくざと親しくしてる者もいるだろう。そうした人間の誰かが犯罪のプロに新谷記者と堺さんを殺《や》らせたんじゃないか。凶器が特殊針と推定されてるんだから、実行犯は素人《トウシロ》じゃないだろう。しかし、『日新損保』に勤めてた長沢圭太殺しの加害者は別人だろうな。犯行の手口が異《こと》なってるからね」

「おれもそういう見方をしてる。それにしても、マークした連中がまるで動いてくれないと、なんだか焦《じ》れてくるな」

「警察OBの和気をどこかに監禁して、二人でとことん痛めつけてみるか。そうすれば、シロかクロかはっきりするだろう」

「沖、本気で言ってるのか⁉」

「冗談だよ。でも、こうも動きがないと、そんな気にもなってくるよな」

「しかし、そういうわけにもいかない。辛抱強く張り込んでみよう」

「そうだな」

沖が先に電話を切った。津坂はいったん通話終了アイコンをタップし、友香梨のスマートフォンを鳴らした。

少し待つと、電話が繋《つな》がった。

「あら、ちょうど達也さんに電話しようと思ってたところなのよ」

「そう。多摩中央署に設置された捜査本部が何か有力な手がかりを得たのかな？」

「有力な手がかりと言えるかどうかわからないけど、捜査班が再聞き込みで、堺肇さんの元妻の加瀬雅美さんから新証言を得たの」

「どんな新事実が出てきたんだ？」

「加瀬さんがね、聞き込みで言いそびれてたことを打ち明けてくれたんだって。殺害された堺さんは、断続的に六大都市の法務局出張所を回って中国人富裕層が購入した不動産がその後、転売されてるかどうか調べてたようなのよ。詳しいことは教えてくれなかったそうだけど、『転売先が気になるんだよ』と被害者は元妻に洩らしてたらしいの」

「日本のビルやマンションを次々に買いまくった中国人はタイミングを計って、こっちの不動産会社や不動産信託関係のファンド会社に物件を転売し、売却益を得てるんだろう。彼らは財テクの一種として、日本の不動産、水利権、地下資源の発掘権を得てる。富を摑んだ中国人の多くは海外移住を願ってるようだが、日本に移り住みたいと考えてるわけじゃないんだろう。あくまでも金をもっと増やしたくて、日本の不動産を買い漁ってる」

「そうみたいね。日本に一番多く住んでる外国人は中国人で、およそ八十数万人もいる。でも、富裕層はアメリカ、カナダ、東南アジアに移住してるわ」

「そうらしいな。金儲けが目的なんだから、富裕層の中国人が買い漁ったビル、マンション、ホテル、別荘なんかを高値で不動産会社やファンド会社に転売するのは当然だろう」

「それが必ずしもそうじゃないみたいなの。加瀬雅美さんは元夫から、『リッチな中国人が買いまくった日本のビルやマンションが個人にも転売されてるんだよ。そのことが気になって、メインの仕事の合間《あいま》に取材しはじめてるんだ』と聞いたというの」

「元奥さんは、そのことをなぜ最初の聞き込みのときに初動捜査の担当刑事に喋らなかったのか」

津坂は素朴な疑問を口にした。

「確かに変よね。わたしも、いまになって堺さんの元妻が新たな証言をしたことが理解できなかったわ」

「そうだよな」

「捜査班の班長の話によると、元奥さんは堺肇さんが危ない取材をしてると直感したんで、最初は黙ってたんですって。中国人の富裕層たちが手に入れた日本の物件を不動産会社やファンド会社に転売すれば、それなりの売却益を得られるはずよ。なのに、所有してるビル、マンション、土地なんかを個人に売るのは妙よね」

「たっぷり金を持ってる個人投資家が高値でリッチな中国人から物件を買い取ってるんじゃないのか？」

「そういうことも考えられるけど、逆だったのかもしれないわよ」

「逆？」

「ええ、そう。日本の不動産を買い漁った中国人投資家は誰かに弱みを握られて、法人じゃなくて、特定の個人に売らざるを得なくなったんじゃないのかしら？　それも安く手放さなければならなかったんじゃないかな」

「そうなんだろうか」

「後者だったとすれば、リッチな中国人たちにつけ込んだ個人投資家は堅気《かたぎ》じゃないでしょうね。加瀬雅美さんはそう考えたんで、元夫に細かいことは訊かなかったらしいの。彼女は自分が元夫の取材のとばっちりで危険な目に遭《あ》いたくなかったから、初動捜査のときは堺さんがふと漏らしたことを担当の捜査員には言わなかったんでしょうね」

　友香梨が長々と説明した。

「そんな元妻が再聞き込みのときに新証言したのは、何か心境の変化があったってことなんだろうな」

「ええ、そうなんだと思うわ。元奥さんは、自分が引き取った子供に危害を加えられることを恐れて余計なことは言わなかったようなの。だけど、堺さんを殺した犯人がなかなか捕まらなかったら、故人が成仏できないと思い直して、隠してた事実を明らかにする気になったんじゃないかな」

「そういうことなら、急に新証言したことはわかる。最初の聞き込みのときは、子供のことを第一に考えたんだろう」

「でしょうね。別れた堺さんとは他人だけど、子供とは血が繋がってるから、誰よりも大切な存在だったんでしょう」

「そうなんだろうな。しかし、別れた夫もある時期、かけがえのないパートナーだと感じてたにちがいない。それだから、離婚しても、とことん冷淡にはなれなかったんだと思うよ」

「ええ、そうなんでしょうね」

「堺さんは相棒とも言える新谷記者と一緒にリッチな中国人たちの中に、所有してる不動産物件を法人ではなく、個人に転売した者がいることを取材してたんだろうか」

「それについては、加瀬雅美さんは『そこまではわかりません』とはっきりと言ったらしいわ。その言葉に嘘はないような気がするの。別段、被害者の元妻を庇《かば》ってるわけじゃないけど」

「そうなんだろう。しかし、新谷健吾と堺肇の二人は一緒に同じテーマを何度も追いかけてた。片方が抜け駆けをするような真似はしなかったと思うよ。堺さんは断続的に取材してたテーマを新谷記者に教えてたと思われるな」

「そうだとしたら、二人の口を封じたのは、中国人たちからビルやマンションを強引に買ってた個人投資家とも考えられるわね」

「少なくとも、その可能性はゼロじゃないだろう。そのほか、捜査に変化はない？」

「ええ、残念ながら。でも、達也さんにとっては悪くない話があるの。あなたをずっと怪しんでた多摩中央署《うち》の浜畑刑事課長が部下たち二人を捜査本部に戻らせて、再聞き込みに当たらせるようになったのよ」

「こっちが『落合エルコート』に行った物的証拠が得られないんで、佐合巡査部長と大浦巡査長に張り込みを解除させたんだろう」

「確証を押さえられなかったということもあるんだろうけど、捜査本部の捜査班のメンバーを勝手に動かすわけにはいかないわよね。本部の主導権は本庁から出張《でば》ってきてる人たちが握ってるんだから、自分の部下でも自由には指図できなくなるじゃない？」

「だろうな。もうしばらく自宅マンションには戻らないほうがいいか？」

津坂は友香梨の意見を求めた。

「判断に迷うところね。もうウィークリーマンションを引き払ってもいいと思うけど、達也さんが神宮前の自宅マンションに戻ったことがわかったら、浜畑課長は地域課巡査たちに頼み込んで……」

「おれを張らせるか？」

「ええ、多分ね」

「スッポンみたいな課長だな」

「まさにスッポンだわね。決して悪人じゃないんだけど、浜畑課長は自分の直感を大事にして何度も署長賞を貰ってるの。過去に初動捜査中に殺人犯を割り出したことが二度あるらしくて、それが自信に繋がってるんだと思うわ」

「刑事としての勘はいいんだろう。『落合エルコート』の三〇二号室の主婦の証言に偽りはないと確信してるわけだ。事実、おれは証言者に顔を見られてるから、浜畑課長の判断は正しいことになる」

「ええ、そうね。でも、課長は本庁捜一の面々にライバル心を剝き出しにするんで、署長は困ってるわ」

「本庁の人間の言いなりになってる所轄署刑事が多いが、そういうイエスマンよりも立派だよ」

「でも、スッポンだから、もう何日か笹塚の部屋にいたほうがよさそうね」

「そうするか」

「達也さん、その後、進展はあったの？」

友香梨が訊《たず》ねた。津坂は足踏み状態であることを簡潔に伝え、通話を終わらせた。

それから間もなく、『トーア商事』から和気が姿を見せた。元警察官はダークグレイのスーツを着込み、黒革のビジネスバッグを提《さ》げている。押し出しがよく、会社役員らしく見えた。

だが、眼光は鋭かった。やはり、暴力団の麻薬密売捜査に携わってきた前歴は隠しようがないようだ。和気が表通りに向かった。足取りは軽やかだった。愛人宅に行くつもりなのかもしれない。

津坂はプリウスを低速で走らせはじめた。
七、八十メートル進むと、脇道から二トン車が不意に滑り出てきた。パチンコ台の販売会社名が車体に入っている。
トラックはレンタカーの進路を塞《ふさ》いだまま、動こうとしない。和気が津坂に張り込まれていることに気がつき、追尾を振り切る気になったのだろう。

津坂はレンタカーのクラクションを高く鳴らした。

それでも、二トン車は発進しない。津坂は警笛を響かせつづけた。ようやくトラックが走りはじめた。和気の後ろ姿は掻き消えていた。トラックの運転手が和気を逃がしたことは明らかだ。二トン車は直進し、そのまま走り去った。

津坂はトラックを追わなかった。

和気の行き先は見当がついていた。レンタカーを麻布十番に向ける。相沢瑞穂の自宅マンションの所在地は、半田刑事部長から教えてもらっていた。

プリウスを十七、八分走らせると、和気の愛人の自宅マンションに到着した。八階建ての南欧風の造りだが、出入口はオートロック・システムではなかった。

瑞穂の部屋は五〇八号室だ。津坂はエレベーターで、五階に上がった。エレベーター乗り場にも歩廊《ほろう》にも誰もいない。

津坂は濃いサングラスで目許《めもと》を隠し、五〇八号室のドアに耳を近づけた。

人の話し声は伝わってこない。テレビの音声も響いてこなかった。留守なのか。だが、浴室の換気扇は回っている。

和気は若い愛人と浴室で戯《たわむ》れているのか。耳を澄ますと、シャワーの音がかすかに響いてきた。女のハミングも聴こえる。

男のいる気配はうかがえない。和気はざっとシャワーで汗を流し、寝室のベッドで瑞穂を待っているのだろうか。

津坂は両手に布手袋を嵌め、ピッキング道具でドアのロックを外した。ドアを細く開け、そっと入室する。

間取りは1LDKのようだ。ガラスの嵌まった格子扉の向こうに居間が見える。

ベランダのサッシ戸の真横に大きな水槽が据《す》えられ、さまざまな熱帯魚が泳いでいた。和気は後ろ向きで、水槽に餌《えさ》を落としている。

津坂は靴を脱ぎ、忍び足で奥に進んだ。

「こら、こら！　がっつくな。仲間にも食べさせてやれよ」

和気はグッピーかエンゼルフィッシュに声をかけ、水槽の端に餌を少しずつ撒《ま》いている。そのあたりに、まだ餌にありつけない熱帯魚がいるようだ。

津坂はガラスの嵌まった格子扉をそっと開け、リビングに入った。足音を殺しながら、和気の背後に迫る。まだ気づかれていない。

津坂は上着の内側の手造りホルスターから金属製のブーメランを抜き出し、それを和気の喉元に押し当てた。使ったのは左手だった。右手で、和気の利き腕を捩《ねじ》上げる。

餌袋が水槽に落ち、粒状の茶色い餌が水面に漂った。

「き、きさま、何者だ？　押し込み強盗なんだなっ。わたしは元刑事だぞ。それも、やくざたちの犯罪を取り締まってたんだ。怯《ひる》むもんか！」

「大声を出すな」

津坂はブーメランの縁《ふち》を強く押しつけ、無造作にスライドさせた。和気が短く呻いた。

喉の肉が浅く切れたはずだ。

「おれの質問に正直に答えないと、喉が真一文字《まいちもんじ》に裂《さ》けるぞ」

「誰なんだ、きさまは？」

「あんたは訊かれたことに答えればいいんだよ。『真相ジャーナル』の新谷記者とフリージャーナリストの堺肇の事件にそっちは関わってるんじゃないのかっ。それから、新谷記者の高校の後輩の長沢圭太の死にもタッチしてるのかもしれないな」

「なんのことなんだ⁉」

「あんたはパチンコの〝特殊景品〟の違法性を記事にされると、いろいろ不都合なことが出てくる。それで、新谷記者たち三人を……」

「きさま、何を言ってるんだっ。わたしは何も疚《やま》しいことなんかしてないぞ」

和気が叫ぶように言った。津坂は右手で和気の頭を鷲摑みにするなり、顔面を水槽の中に押し沈めた。

無数の水泡が涌き、和気が苦しげに首を振った。津坂は和気が窒息死する寸前に頭を浮かせて、十秒後にはまたもや顔面を水の中に沈めた。

同じ行為を十回以上は繰り返した。それでも、和気はどの殺人事件にも絶対に絡んでいないと言い張った。津坂はブーメランを幾度か和気の喉元に深く喰い込ませたが、犯行を強く否認しつづけた。

一連の事件には関わっていないのだろう。津坂は、そういう心証を得た。

「か、金が欲しいなら、きさまにくれてやるよ。いくら欲しいんだ？　はっきり言ってみろ」

「こっちを見くびると、全身にアイスピックを突き立てることになるぞ」

「怒らせるつもりはなかったんだ。わたしが悪かったよ。で、いくら渡せばいいんだね？」

和気が弱々しい声で訊いた。

津坂は無言で、和気に足払いを掛けた。横に転がった和気が這《は》って長椅子の後ろに逃げ込んだ。

津坂はブーメランをホルスターに収め、玄関に向かった。

3

レンタカーに乗り込む。

津坂は、友人の沖のスマートフォンを鳴らした。ツーコールの途中で、電話は繋がった。

「沖、もう張り込みを切り上げてくれないか」

「『トーア商事』の和気専務はシロだったのか？」

沖が早口で訊いた。津坂は経緯を語った。

「でも、パチンコ機器メーカーのトラックがレンタカーの進路を妨害したんだよな。その隙に警察ＯＢは尾行を振り切って、麻布十番の愛人宅に行ったんだろう？」

「そう」

「だったら、和気をシロと判断するのは早計だろうが。和気がおまえに張り込まれてることを覚《さと》って、二トン車でレンタカーの進路を妨害させた疑いが濃厚じゃないか」

「おれもそう思ったんだが、和気はこっちの張り込みに気づいてなかったんだろう。一連の殺人事件には関与してないな。窒息死させられるかもしれないという死の恐怖を十回以上も味わわされたら、シラを切り通せるもんじゃない」

「和気がシロなら、誰がレンタカーの進路の妨害をさせたんだ？」

「一連の事件に深く関わってる人物が配下の者にパチンコ機器メーカーのトラックを盗《ギ》らせたんだろうな。進路を妨害したトラックが盗難車かどうか、こっちが確かめてみるよ」

「そうか。和気専務がシロだとなると、容疑者はゼロになるわけだ。振り出しに戻ってしまったのか。まいったな」

友人が溜息をついた。

津坂は、友香梨から得た新証言について沖に教えた。すると、友人がにわかに声を明るませた。

「堺肇さんの元妻がそう証言したんなら、突破口ができたじゃないか」

「ああ。フリージャーナリストの堺さんは相棒の新谷記者と告発記事の取材を重ねながら、日本の不動産を買い漁った富裕な中国人たちが物件を個人に転売してる事実を訝《いぶか》しく感じて、断続的に調べはじめたんだろう。不動産会社やファンド会社にビルやマンションを転売するケースが多いが、なぜだか物件を個人に譲ってる者がいた。堺さんは何か裏事情があると職業的な勘で感じ取って、犯罪絡みではないかと推測したんじゃないか」

「津坂、ちょっと待ってくれ。中国人たちから日本の不動産を買い戻してる人物は、愛国心の強い大金持ちとも考えられるんじゃないか。それで、不動産会社やファンド会社よりも高い値で物件を譲り受けてる」

「そういうことなら、堺さんは別に強い関心は示さないだろう。ニュース価値が特にあるわけじゃないからな」

「ま、スクープ種《ネタ》じゃないね。日本の不動産をマネーゲームの獲物にした富裕な中国人たちを苦々しく思ってる日本人は少なくないだろう。愛国心の強い連中は、屈辱感で怒りを募《つの》らせてるにちがいない」

「だろうな。そんな相手から相場よりも高い値で物件を買い戻すのは、忌々《いまいま》しいことだ。ビル、マンション、土地などを買い戻してる個人は民族主義者で、外国人嫌いなんだろう。ことに中国の擡頭《たいとう》に不快感を覚え、警戒心を強めてるんじゃないだろうか」

「国粋主義者たちは領土問題、日本企業への攻撃、汚染食品なんかで中国に対して嫌悪感を強めてる。リッチな中国人が日本の不動産、水利権、地下資源の採掘権を次々に手に入れてることにも苦り切ってるにちがいない」

「保守系政治家、財界人、官僚、右翼団体の中には、日本も核武装すべきだと公言してる者もいるよな。そうしなければ、周辺の外国に軽く見られつづけると主張もしてる」

「そうだな。別に右寄りじゃなくても、中国や北朝鮮の横暴ぶりに腹を立ててる一般市民は多いと思うよ」

「当然だろうな。その一方で、外国との軍事衝突は避けたいと考える国民も少なくない。戦争して、いいことなんかないからな」

「大多数の国民は戦争なんか望んでないだろう。右寄りの連中だって、同じだと思うよ。

しかし、愛国心の塊《かたまり》みたいな連中はリッチな中国人たちが日本をマネーゲームの舞台にしてることを絶対に赦《ゆる》せないと考えてるんじゃないか」

「おれは、そういう愛国者が力ずくで富裕な中国人たちから日本のビル、マンション、土地を安く買い叩いてるんじゃないかと推測したんだよ。沖、どう思う？」

津坂は友人に訊いた。

「考えられるな。堺さんは、中国人から日本の不動産を安く買い叩いてる人物の犯罪の証拠を握ったんじゃないだろうか。『真相ジャーナル』の新谷記者は、そのことを堺さんから聞いて知ってた」

「沖、二人は一緒にリッチな中国人から物件を買い戻してる個人を突きとめたと考えるべきじゃないか。両方とも口を封じられてしまったんだから」

「そう考えるべきだろうね。新谷記者は、不正な手段で日本の不動産を買い戻してる人間のことを高校の後輩の長沢圭太に話したんじゃないか。いや、リッチな中国人を脅迫してる証拠の類《たぐい》を一時期、長沢に預けたとも考えられるな」

「新谷記者が告発記事を書く材料を高校時代の後輩に預けてなかったとしても、相次いで殺害された三人は不動産買い戻しに何か犯罪が絡んでたことを知ってたにちがいないよ」

「それだから、新谷、長沢、堺の順に始末されたんだろう。日本の不動産を買い戻してた民族主義者と思われる人物は、マネーゲームで利益を得てた中国人を拉致してリンチしたんだろうか。半殺しにされたら、物件を安く譲渡する気になると思うよ。金が大好きな中国人でも、殺されてしまったら、それこそ元も子もないからな」

「どんな手を使ったかはわからないが、マネーゲームでいい思いをしてたリッチな中国人にさんざん恐怖心を与えて、物件を安く買い叩いてたんだろう」

「安く買い叩いたとしても、ビルやマンションを丸ごと譲り受けるとなれば、億単位の金が必要になる。愛国心の強い買い手はとてつもない資産家なんだろうな」

沖が呟いた。

「中国人から日本の不動産を買い戻してるのは、ひとりだけじゃない気がするな。日本の国土を外国人に奪われることを阻止したがってる愛国者たちが複数いて、それぞれがせっせとビルやマンションを安く買い戻してるんじゃないか」

「その連中は全員、金持ちなんだろう」

「ああ、多分な。そうじゃないとしたら、同じ考えを持つ資産家たちのカンパ金で物件を買い戻してるのかもしれない。あるいは、無許可の不動産投資信託で広く投資家から金を集めて、中国人から不動産を譲り受けてるのか」

「その場合は当然、投資家たちに高配当を払ってるんだろう」

「そうしなきゃ、投資金は集まらないと思うよ。安く買い叩いた物件を不動産会社に転売すれば、大きな売却益が出る。ハイリターンを謳《うた》えば、投資家たちは増える一方だろう」

「富裕な中国人たちが所有してる日本の不動産を安価で手に入れつづければ、やがて日本を舞台にしたマネーゲームは終わるな。日本人にとっては喜ばしいことだが、犯罪絡みで買い戻しをするのは感心できないね」

「そうだな。強欲な中国人たちは好きじゃないが、不正な手段で日本の不動産を買い戻すのはフェアじゃない。そのことを暴こうとしたと思われるジャーナリストが二人も殺され、長沢圭太もついでに片づけられたようだから……」

「もちろん、目をつぶるわけにはいかない。パチンコ機器メーカーのトラックをかっぱらった奴がわかれば、一連の事件の首謀者にたどり着けるだろう」

「そうだな。気を取り直して、犯人の割り出しに努めよう。今夜は自宅に戻って、英気を養ってくれ」

津坂は通話を切り上げ、半田刑事部長に電話をかけた。経過を報告して、レンタカーの進路を妨害したトラックが盗難車かどうか調べてくれるよう頼む。

「十分以内にはコールバックできると思うよ」

半田が通話を切り上げた。津坂はすぐに従弟の森下隆太のスマートフォンを鳴らした。

コールサインが返ってくるが、いっこうに隆太は電話に出ない。『クロス』は満席で、従弟は仕事に追われているのだろう。

かけ直したほうがよさそうだ。電話を切りかけたとき、隆太の声が耳に流れてきた。

「待たせて、ごめんなさい。シェーカーを振ってたんで……」

「おまえに店を任せっ放しにして、すまないと思ってるよ。客の入りは悪くないのかな？」

「ほぼ満席です。昨夜《ゆうべ》、二階の小料理屋のママが帰りに寄ってくれて、達也さんが入院でもしたんじゃないかって心配してましたよ」

「そうか。副業のほうで、もう少し時間を取られそうなんだ」

「お店のほうは、おれに任せてください。売上は落ちていませんから、そちらの仕事に身を入れてください」

「弾き語りのリクエストも多いんだろ？」

「ええ、まあ」

「リクエストした客から一曲三百円ぐらい取るか。安い流しでも、三曲千円は貰ってる。

それを隆太の小遣いにしたって、かまわないぞ」

「喰えるだけの給料を貰ってるから、お捻《ひね》りで稼ぐ気はありません」

「スタジオ・ミュージシャン時代は、一曲の伴奏で最低十万円は貰ってたわけだから、三百円のお捻りなんか貰ったら、惨《みじ》めになっちまうか」

「そういうことじゃないんですよ。昔はともかく、いまはバーテンを職業にしてるんです。ギターで稼ぐ必要もないでしょ？」

「隆太は欲なしだな。もっと逞《たくま》しくならないと、プロのミュージシャンとして復帰できないぞ」

「人生は長いんです。そう焦《あせ》ることもないでしょ？　寄り道してカムバックすれば、音に深みが出る気がしてるんですよ」

「そう考えてるんだったら、復帰を急ぐこともないか。何か困ったことがあったら、すぐ電話をしてくれ。副業の調査を中断して、赤坂の店に顔を出すよ。よろしくな！」

津坂は通話を切り上げた。

数秒後、スマートフォンの着信ランプが点いた。発信者は半田だった。

「パチンコ機器メーカーのトラックは、三日前に池袋で乗り逃げされてたよ。パチンコ屋に新しい台を搬入中に何者かが車を奪ったんだ。所轄の池袋署が盗難車輛の行方を追ってるらしいんだが、まだ当該車《とうがいしゃ》は発見されてないそうだよ」

「そうですか」

「和気公啓が一連の事件に関与してる疑いは消えたわけだ。しかし、パチンコ関連会社が新谷と堺の事件に絡んでる疑惑は拭えないね。業界の人間がパチンコ台を製造してる会社のトラックを盗んで、故意に『トーア商事』の和気専務を逃がしてやった。一連の殺人事件の主犯は、和気だと印象づけたかったのかもしれないぞ」

「半田部長の筋読みが外れてるとは言いませんが、そうなんでしょうか。警察ＯＢの和気は、いまやパチンコ業界の人間です。業界の中に和気を嫌ってる者がいたとしても、捜査機関にパイプを持つ人間に罪をなすりつけようと考えたりはしないでしょ？」

「なるほど、そうだね。『真相ジャーナル』にパチンコの〝特殊景品〟に違法性があると暴露されたとき、和気は頼りになるからな。それに、パチンコ業界には元警察官がたくさん再就職してる」

「ええ、そうですね。警察ＯＢたちの力で、捜査の手入れを中止させることは可能かもしれません。そのためにも、和気を味方につけておく必要があるでしょう」

「そうだな。そのことについては納得できたよ。だが、パチンコ業界内部の者が新谷や堺に〝特殊景品〟の違法性を取り上げられることを恐れて、つい先走ってしまったんじゃないのかな。そして、捜査当局の目が自分に向けられる恐れもあると考え、一連の事件の絵図を画《か》いたのはパチンコ機器メーカーだとミスリードしたくて、トラックを盗んだのかもしれないぞ」

「お言葉を返すようですが、そうではないと思います。担当管理官から、堺肇の元妻の加瀬雅美が再聞き込みの際《さい》に新証言をしたという報告は上がってきてませんか？」

津坂は問いかけた。

「そのことは聞いてるよ。堺は新谷と告発できそうなテーマの取材を進めながら、断続的に財力のある中国人が買い漁った日本の不動産を買い戻してる人物のことを調べてたという新しい証言のことだね？」

「ええ、そうです」

「堺肇の元妻は別れた夫が洩らしたことを思い出したんだろうが、そのことはたいして重要とは受け取らなかったんではないか。それだから、その新事実をまだ津坂君に教えなかったんだろう」

「新谷記者たちに不正や犯罪をペンで告発されると予想される組織や個人は一応、洗ってみました。ですが、クロと思われる人間はいませんでした」

「そうだったな」

「消去法ですが、疑わしい人間がいなかったのですから、新証言は重視すべきでしょう」

「言われてみれば、その通りだね。もっと早く加瀬雅美の新たな証言を津坂君に伝えるべきだったな。わたしの判断ミスだ。勘弁してくれないか」

「どうか気になさらないでください」

「う、うん。きみは、新証言を多摩中央署の副署長から聞いたんだろうな」

「ええ、まあ」

「捜査内容を部外者に教えてはいけないという服務規程があるが、きみの彼女を罰《ばっ》する気はない。それどころか、感謝してるんだ。わたしがもっと早く堺肇の元妻の新証言を教えてれば、きみの調べは進んでただろう」

「早い時期に新証言を教えられてたとしても、疑わしい連中がすべてシロだという心証を得てからでなければ、新事実の裏付《ウラ》けを取る気にはならなかったでしょう」

「きみは心優しいね。他人にちゃんと逃げ場というか、救いを与えてくれる。相手をとことん追いつめたりしない」

「半田部長、それは相手によりますよ。狡《ずる》くて卑劣な奴だったら、容赦《ようしゃ》なくぶちのめします。裏技を使って、犯罪者の口を割らせもします。事実、裏捜査では犯人どもをハードに追い込んでますよ。いちいち落とし方までは部長に報告はしていませんが、現職だったら、完全に違法捜査になるでしょう」

「いまの言葉は聞かなかったことにするよ。いや、冗談だ。津坂君が度を越したことをしても、きみを庇《かば》い通すよ。それで、全責任はわたしが負う」

半田部長が言葉を切って、声のトーンを変えた。

「マネーゲームで日本の不動産を買い漁ってる中国人たちから物件を買い戻してる個人投資家が犯罪の証拠を押さえられて新谷や堺を葬ったんだとしたら、加瀬雅美に元夫から写真や音声データを預かってないかと威《おど》しをかけるかもしれないな」

「ええ、そうですね。捜査資料によると、離婚後、加瀬雅美は十歳の娘と高円寺北四丁目にある賃貸マンションで暮らしてたな」

「確か『高円寺スカイコーポラス』だったね。借りてるのは二〇一号室だったと思う」

「これから堺さんの元妻に会って、情報を集めてみますよ」

津坂はスマートフォンを懐に戻すと、レンタカーを走らせはじめた。外苑東《がいえんひがし》通りから新宿通りを抜け、高円寺をめざす。

目的の賃貸マンションを探し当てたのは四十数分後だった。

三階建ての低層マンションで、エレベーターはなかった。二〇一号室には電灯が点いている。

津坂は車を路上に駐《と》め、階段を使って二階に上がった。

二〇一号室のネームプレートには、加瀬という苗字だけしか掲《かか》げられていない。女所帯と知られると、不用心だからか。

津坂はインターフォンを響かせた。

室内に人のいる気配は伝わってくるが、スピーカーは沈黙したままだった。ふたたびインターフォンを鳴らす。チャイムをたてつづけに二度轟《とどろ》かせた。

「いい加減にしないと、一一〇番するわよっ」

ドア越しに女性が怒《ど》鳴《な》った。

「怪しい者じゃありません。わたし、亡くなった堺さんの知り合いです」

「本当なんですか？」

「ええ、ライター仲間だったんですよ。鈴木《すずき》といいます」

津坂は平凡な姓を騙《かた》った。

「そうだったんですか。大変失礼しました。夕方から柄の悪い男が何度も訪ねてきたらしいんですよ。わたしが勤め先から戻った後、二度ほど怪しい奴がやってきました。娘はすっかり怯えてしまって……」

「そうでしょうね。失礼ですが、消費者金融から借金をされてます?」

「いいえ。怪しんだりして、ごめんなさい。いま、ドアを開けます」

部屋の主が急いでドア・チェーンを外した。玄関ドアが開けられ、理智的な顔立ちの女性が姿を見せた。加瀬雅美だろう。三十九歳のはずだが、もっと若く見える。

「鈴木力《つとむ》といいます。加瀬雅美さんですよね?」

「はい」

「堺さんが不幸な亡くなり方をされて、残念でしたね。後《おく》れ馳《ば》せながら、お悔やみ申し上げます」

「ご丁寧に……」

「ライター仲間の何人かが事件のことを調べはじめてるんですよ。多摩中央署に設けられた捜査本部の人にこっそりと教えてもらったんですが、あなたは再聞き込みの際、元ご主人が中国人たち所有のビルとかマンションを買い戻してる個人がいると洩らしてたと証言したそうですね?」

「ええ。堺は、いいえ、堺さんはそう言っていました。ただ、詳しいことは教えてくれませんでした。『真相ジャーナル』で告発できるかどうかわからないけど、断続的に取材してるんだと……」

「そのほか、何かおっしゃっていませんでしたか？」

「複数の日本人が不正な手段を使って、富裕な中国人から物件を次々に安く手に入れてるようだと言っていました」

「その取材をしてたことを『真相ジャーナル』の新谷記者は知ってたんですかね？」

「その件については特に訊いてもみませんでしたけど、知ってたんじゃないかしら？　彼と新谷記者はちょくちょくコンビでスクープしてきましたんでね」

　雅美が言った。

「そうだったんだろうな。二人が相次いで殺害されてしまったのですから」

「警察の方から聞いたのですけど、新谷さんの高校時代の後輩の長沢圭太という方も刺殺されたんですよね？」

「ええ。その彼は、新谷記者から犯罪を裏付ける証拠を預けられてたのかもしれないと推測したんですが、自宅には事件に絡んでそうな写真や音声データなんかはなかったみたいなんですよ」

「不審な訪問者も、わたしに元夫から何か預かったんじゃないのかと探《さぐ》りを入れてきたんです。でも、わたしは堺さんから何も預かっていません」

「そうですか」

「元主人は中国人から日本の不動産を強引に買い戻した人物の犯罪を知ったため、新谷さんや長沢さんの次に殺されることになったのでしょうか？」

「その疑いはあると思います。ライター仲間が協力し合って、事件の真相に迫ってみますよ。夜分にお邪魔して、ご迷惑だったと思います」

津坂は頭を下げ、二〇一号室のドアを静かに閉めた。正体不明の男が、しつこく二〇一号室を訪れるかもしれない。

「少し張り込んでみるか」

津坂は声に出して呟き、階段を駆け降りはじめた。

レンタカーに乗り込み、しばらく張り込んでみることにした。午後十一時半まで待ってみたが、怪しい人影は目に留まらなかった。

津坂は車をウィークリーマンションに向けた。

4

人いきれが充満している。

蒸し暑い。港区《みなと》内にある法務局出張所の閲覧《えつらん》コーナーだ。不動産会社の営業マンたちが熱心に土地登記簿をチェックしていた。

津坂は、分厚い登記簿を繰《く》りはじめた。堺肇の元妻の自宅マンションを訪れた翌日の午後一時過ぎだ。

津坂は午前中に新宿区内の登記所を皮切りに、渋谷区、千代田《ちよだ》区、中央《ちゅうおう》区の法務局出張所を訪れた。目的は、中国人名義のビルやマンションをリストアップすることだった。もちろん、物件の転売先も調べた。

その結果、二人の日本人が中国人たちが取得した不動産を買い戻していることが判明した。津坂は、その二人の名を知っていた。

片方は、巨大労働者団体『全連合』の五十嵐裕《いがらしゆたか》元会長だった。現在は顧問で、六十五歳のはずだ。

もうひとりは、関西の裏経済界の首領《ドン》と呼ばれている田辺比佐志《たなべひさし》だった。七十六歳の生コンクリート会社の会長だが、手形パクリ、倒産整理、株券の偽造などで暗躍している人物だ。闇の勢力との繋がりも深い。それでいて、関西の大物財界人たちとも親しかった。

労働貴族の五十嵐と関西のアンダーグラウンドの帝王は、これまで確認しただけでも六十三棟のビルとマンションをリッチな中国人から譲り受けている。登記簿には売買価格まで記載されていないが、抵当権の有無《うむ》はわかる。

二人が手に入れた物件には、どれも抵当権は設定されていなかった。つまり、負債はないわけだ。

両者の購入推定額は、数百億円になるだろう。『全連合』は巨額をプールしていると思われるが、どの物件も五十嵐元会長個人の名義になっていた。裏経済界のドンも、自分の会社名では一棟も取得していない。

二人は、どうやって不動産購入資金を工面《くめん》したのか。五十嵐と田辺は名義を貸しただけなのだろうか。そうだとしたら、真の買い主は何者なのか。

労働貴族と裏経済界のボスは、いわば敵同士だ。接点があるとは考えにくい。たまたま二人は、中国人所有の物件を買い入れたにすぎないのか。どう考えても、単なる偶然とは思えない。何か裏がありそうだ。どんなからくりがあるのか。

津坂は登記簿に目を通し終えた。

予想した通りだった。五十嵐と田辺は港区内のビルやマンションを七棟ずつ中国人から譲り受けていた。津坂は、午前中と同じように物件の前の所有者名を手帳に書き留《と》めた。上海在住の中国人が多い。

津坂は閲覧し終えた登記簿をカウンターに戻してから、三十歳前後の男性職員に模造警察手帳を呈示《ていじ》した。

「ある殺人事件の捜査中なんですが、被害者がこの登記所を訪れてると思われるんですよ。数カ月前からの登記簿閲覧者名簿を見せていただきたいんです」

「少々、お待ちになっていただけますか。上司の許可がないと、わたしの一存では……」

「待ちます」

「そうですか」

職員が奥に引っ込んだ。長くは待たされなかった。

ほんの数分で、職員はカウンターに戻ってきた。閲覧者名簿を抱えていた。津坂は礼を述べ、名簿を捲《めく》りはじめた。

やはり、堺肇が四月下旬に登記簿を閲覧していた。『真相ジャーナル』の新谷記者は登記所には足を運んでいなかった。

だが、相棒のフリージャーナリストから中国人所有の不動産を次々に買い取った日本人男性が二人いることは聞いていたにちがいない。そのことが死に結びついたのだろう。

津坂はカウンターを離れ、法務局出張所を出た。

駐車場に回り、ＢＭＷの運転席に腰を沈める。津坂は今朝《けさ》早くウィークリーマンションからタクシーで自宅に戻った。刑事たちは張り込んでいなかった。部屋で着替えを紙袋に手早く詰め、地下駐車場で自分の車に乗り込んだ。

レンタカーは友香梨に営業所に返してくれるよう電話で頼んであった。やはり、BMWのほうが乗り心地がよかった。

津坂はエンジンを始動させる前に、半田刑事部長に電話をかけた。前夜から今朝の行動をかいつまんで伝える。

「巨大労組《ろうそ》の元会長と関西の裏経済界のドンがつるんでるとは考えにくいな。価値観がまるっきり逆だろうからね」

「そうなんですが、二人の利害が一致したんでしょう。かつて『全連合』は最大野党の憲友党《けんゆうとう》に支援して一度は政権を執《と》らせました。しかし、国の舵取りができなくて憲友党は野《や》に下《くだ》ることになりました」

「そうだったね。内部分裂が深刻化して、離党する議員が続出した。そんなことで、『全連合』の内部から元会長を批判する者も出てきたらしい。元会長はトップの座を遣《や》り手の女性に譲ることになった」

「そうでしたね。五十嵐元会長は負けっ放しでは癪《しゃく》なので、憲友党をふたたび与党にしたくて、あえて軽蔑《けいべつ》してるだろう裏経済界の首領《ドン》と手を組んだのかもしれませんよ」

「金欲しさにか？」

「ええ。ダーティーな方法でも荒稼ぎして、憲友党の議員数を増やさないことには、支援政党が与党に返り咲くのは難しいでしょう？」

「そうだろうね。憲友党は公約違反ばかりして、無党派層にそっぽを向かれてしまったからな。組織票だけでは、とうてい最大与党には太刀打ちできない」

「そうだと思います」

「五十嵐元会長は、憲友党を離れた国会議員を復党させる気なんだろうか。多額の選挙資金を飴玉《あめだま》にすれば、復党する気になる者もいるだろうからな」

「あるいは、知名度の高いジャーナリストや弁護士を出馬させる軍資金が欲しいのかもしれません。いずれにしても、裏経済界のボスと手を結んだと思われます」

「津坂君、二人に何か共通点はあるのか？」

「どちらも、大企業の不正や弱みを知ってるでしょう」

「おっ、そうだろうね。五十嵐と田辺は企業恐喝を働いて、せしめた巨額の口止め料で中国人所有のビルやマンションを七十七棟も買い取り、転売で儲ける気でいるんじゃないのか。おそらく二人はリッチな中国人たちを罠に嵌めて、物件を安く買い叩いてるんだろう。そうした汚い手を使えば、転売ビジネスで大儲けできるじゃないか」

「そうでしょうね。ただ、企業恐喝だけで、七十棟以上のビルやマンションを購入する資金を工面できるだろうか」

「津坂君は、五十嵐と田辺はダミーかもしれないと考えてるようだな」

「そういうことも考えられるんではありませんか？」

「うむ」

半田が曖昧に応じる。

「金を持っている中国人たちが日本の不動産をマネーゲームの材料にしてることを腹立たしく感じてる日本人は多いでしょう。民族派の財界人が五十嵐と田辺に購入資金を提供してるのかもしれませんよ」

「なるほど、それは考えられるね。五十嵐たち二人は名義を貸してやって、物件の売却益の何割かを受け取ることになってるのか。中国人たちを罠に嵌めて物件を安く買い叩いてたんなら、汚れ役を演じたわけだ。それなりの分け前を貰いたいだろう。五十嵐と田辺は得た分け前をそれぞれ何かに注《つ》ぎ込んでるのかもしれないな」

「半田部長、直属の方たちに田辺に関する情報を集めるよう指示してもらえますか。こっちは労働貴族の私生活を洗ってみますよ」

「五十嵐の私生活を洗う？」

「ええ。もしかしたら、巨大労組の元会長はそのうち顧問にも留《とど》まれなくなると考え、私腹を肥やす気になったのかもしれません。支援してた憲友党政権を短命で終わらせたんで、いずれは邪魔者扱いされるでしょう」

「だろうね」

「長く会長のポストに就いていたわけですから、自尊心が傷つくはずです。『全連合』を離れて、五十嵐は何か事業を興す気でいるのかもしれませんよ」

「それには、まとまった金が必要だろうね。で、巨大労組の元ボスはなり振りかまわずに手っ取り早く荒稼ぎする気になったんだろうか」

「田辺は田辺で、ダーティー・ビジネスの件で関東やくざと対立して、最大組織に仲裁を頼んだのか。その不始末の後処理で巨額が要《い》るとも考えられます」

「そうだね。頼まれた件、さっそく手配するよ」

「お願いします」

津坂は電話を切り、セブンスターに火を点けた。一服してから、友人の沖のスマートフォンを鳴らす。

ほどなく通話可能状態になった。津坂は前夜のことを話し、法務局出張所を巡ったことも伝えた。

「堺さんが登記簿を閲覧してるんだったら、一連の殺人事件に五十嵐と田辺が絡んでると考えてもいいと思うよ。二人の背後には民族派の財界人がいるんじゃないのか。津坂、どう思う?」

「そうなのかもしれないな。それはそうと、おまえ、夕方から時間をつくれる?」

「都合つけるよ。おれは何を手伝えばいい?」

「堺肇の元妻の自宅マンションの近くで張り込んでほしいんだ。きのうの夕方から何度も柄の悪い奴が部屋に来たって言ってたから、きょうも……」

「そうだろうな。その男は、田辺比佐志の手下の者なんじゃないか。わかった、引き受けた」

沖が言って、加瀬雅美の自宅の住所を訊いた。津坂は質問に答えて、スマートフォンの通話終了アイコンをタップした。

イグニッションキーを捻《ひね》ったとき、津坂は他人の視線を感じた。さりげなく周《まわ》りを見渡す。駐車場の端に、荒《すさ》んだ感じの二人の男がたたずんでいた。どちらも二十代の後半だろう。男たちは不自然なほどＢＭＷを見ようとしない。それが、かえって怪しかった。

津坂は車のエンジンを切った。ＢＭＷを降り、登記所の建物の裏側に回り込む。津坂は物陰に身を隠した。

少し経《た》つと、乱れた足音が響いてきた。

靴音は複数だった。津坂は身構えた。そのとき、足音が熄《や》んだ。

「あん男《おとこ》、どこに隠れやったんやろ？」

「隠れとるんやのうて、逃げたんちゃうか？」

「逃げたとしても、そのうちＢＭＷんとこに戻ってくるやろ？　おい、駐車場に引き返すで」

男たちの会話は関西弁だった。それだけで田辺の配下とは断定できないが、そう疑える。

「おれに何か用か？」

津坂は建物の裏から出た。例の二人組が顔を見合わせ、驚きの声をあげた。

「おまえらは田辺比佐志の回し者だなっ」

「誰やねん、そん男は？」

片方の男が腰の後ろに手をやった。ベルトの下から引き抜かれたのは短刀だった。白《しら》鞘《ざや》は手垢《てあか》で黒ずんでいる。

津坂は挑発的な笑みを拡《ひろ》げ、上着のインナーポケットに右手を滑らせた。アイスピックを抓んだとき、二人組の片割れが何かスプレー缶を懐から摑み出した。

次の瞬間、乳白色の噴霧《ふんむ》が津坂の視界を塞《ふさ》いだ。目がちくちくし、刺激臭もする。涙も出てきた。催涙スプレーを使われたようだ。

二人組が走りだした。

姿が見えたわけではない。足音で察したのだ。

津坂は男たちを追おうとした。だが、瞼《まぶた》を開けていられなくなった。二人組の靴音が遠のき、ほどなく何も聞こえなくなった。

津坂は目を閉じたまま、両手で煙幕を振り払った。

人質は全裸だった。

『古堂』の店主はダイニングテーブルに頰杖をつき、奥の居室を眺めていた。森一成の自宅マンションである。

新宿区若松町《わかまつちょう》にある古ぼけた賃貸住宅だ。間取りは1DKだった。

シングルベッドに腰かけて涙ぐんでいるのは、鷲塚の長女だ。沙里奈《さりな》という名で、女子大生だった。

正午過ぎに沙里奈を引っさらって自宅に監禁した森はベッドのそばで胡坐《あぐら》をかき、白い裸身を無遠慮に眺めていた。人質の体は肉感的だった。

「おい、手をどけろ。それじゃ、デリケートゾーンがよく見えないじゃねえか。ついでに股を大きく開いてくれ」

　森が人質に言った。鷲塚沙里奈が幼女のように、いやいやをした。

「鷲塚の娘を姦《や》ってもいいでしょ？　若い女の裸を眺めてたら、おかしな気分になっちゃうよ」

「姦ったって、かまわない。しかし、人質にのしかかってるとこを父親に見られたら、おまえは殺されるだろう。多くの男親は娘を溺愛してるからな」

「脅かさないでよ」

「度胸があるなら、鷲塚の娘をレイプしてみな」

「くそっ！　こんなの残酷だぜ。くわえさせてもいいでしょ？」

「好きにすればいいさ」

　骨董店の主《あるじ》は和服の袂から、煙草とライターを摑み出した。森が勢いよく立ち上がり、赤白っぽいチノクロスパンツとチェック柄のトランクスを一緒に膝の上まで下ろした。

黒いペニスは雄々《おお》しく勃起《ぼっき》していた。

「おい、しゃぶれよ」

「そんなことできません」

沙里奈が拒《こば》み、目をつぶった。森が人質の頭髪を乱暴に引っ掴んで、空いている手で沙里奈の鼻を抓んだ。

息苦しくなったらしく、人質が口を開けた。森が抜け目なく、昂《たか》まった性器を沙里奈の口中に突き入れた。沙里奈が喉の奥で呻く。

店主は紫煙をくゆらせながら、歪んだ笑みを浮かべた。

人質の父親に電話をしたのは一時間ほど前だ。沙里奈を人質に取ったことを告げると、鷲塚は絶句した。

店主は、鷲塚が森を使って温徳江《ウェントーチアン》の誓約書を奪わせようとしたことは許しがたい裏切りだと罵倒した。すると、鷲塚は詫び料として一千万円を用意すると取引を持ちかけてきた。むろん、人質を解放してくれという条件付きだった。

店主は、鷲塚が背信行為を少しも反省していないことに憤《いきどお》りを覚えた。だが、そのことは口にしなかった。取引に応じた振りをしたのは、裏切り者を誘《おび》き出したかったからだ。

約束の時刻まで二十分弱だ。

「おまえ、お嬢さんぶるんじゃねえよ。親父《おやじ》はエセ右翼の経済やくざみてえなもんなんだから、地を出せや。くわえたことがないってわけじゃねえよな?」

森が人質に言った。沙里奈は強引に含まされたペニスをなんとか外そうと首を左右に動かすだけで、何も答えない。

「気取りやがって！」

森が毒づき、人質の頭を両手で引き寄せた。すぐに自《みずか》ら腰を動かしはじめる。

強烈なイラマチオだった。フェラチオと違って、女性はほとんど息継ぎができない。

沙里奈の顔が歪みはじめた。いかにも苦しげだ。

淫《みだ》らなシーンを目にしているうちに、『古堂』の店主は加虐本能が息吹《いぶ》きそうな予感を覚えた。天井を仰《あお》いで、潜在的な欲情を抑《おさ》え込む。

突然、森が獣じみた唸り声を発した。果てたのだろう。人質の沙里奈は泣きだしかけていた。

「ザーメンを少しでも吐き出したら、思いっ切りぶん殴るぞ」

森が威嚇《いかく》して、腰を引いた。陰茎は硬度を保《たも》っていた。

沙里奈は恐怖心に克《か》てなかったらしく、口に溜めた精液を飲み尽くした。そして、すぐに吐きそうになった。

森は薄く笑って、チノクロスパンツの前を整えた。

「すっきりしたか？」

「まあね。本番と同じ快感じゃなかったけど」

「贅沢《ぜいたく》言うな」

店主は森を窘《たしな》めた。森が妙な笑い方をして、フローリングに坐り込んだ。

そのすぐ後《あと》、部屋のドアが開けられた。鷲塚が市岡亜弓を楯《たて》にして入室する。亜弓の首には、西洋剃刀《かみそり》の刃が当てられていた。

「娘はどこにいる？」

「奥の部屋にいるよ、裸でな」

「おまえら、沙里奈をレイプしたのか⁉」

「森が人質の口を穢《けが》しただけだ」

骨董店の主は椅子から立ち上がって、懐から消音器付きのグロック32を取り出した。先日、森から奪ったハンドガンだ。

「同棲してる女の頸動脈を搔っ切ってもいいのかっ」

鷲塚が声を張った。

「その前に、おまえは死んでるだろう」

「な、なんてことなんだ」

「鷲塚、西洋剃刀を足許に落として、ゆっくりと両手を挙げろ！　言う通りにしないと、先に娘を撃ち殺すぞ」

　店主は右手を前に突き出した。鷲塚は従順になった。

「先に店に戻ってろ。何も心配することはない」

　店主は亜弓に言った。亜弓が無言でうなずき、森の部屋から出ていった。

「詫び料は車の中に積んである。いま、取ってくるよ」

　鷲塚が言った。

「金はどうでもいいんだ」

「え？　水に流してくれるのか？」

「裏切り者は赦《ゆる》せんな」

「おれを殺《や》る気なのか⁉」

「そういうことだ」

　店主はグロック32のスライドを引き、引き金を絞った。放った九ミリ弾は、鷲塚の腹部にめり込んだ。

「仲代《なかだい》め！」

　鷲塚が腰を少し落とした。

　店主は冷ややかに笑って、鷲塚の顔面に銃弾を浴びせた。鮮血と肉の欠片《かけら》が散った。

鷲塚は後方のドアに背をぶつけ、その反動で前のめりに倒れた。

「お父さーん！」

奥の部屋で沙里奈が絶叫した。股間を晒《さら》す恰好《かっこう》で、ベッドの際《きわ》に立っていた。

『古堂』の主は体の向きを変え、沙里奈の胸部と頭部に銃弾を撃ち込んだ。沙里奈がベッドに斜めに倒れ、わずかに弾んだ。

それきり微動だにしない。

「あんた、クレージーだよ」

「二人と同じ目に遭《あ》いたくないだろ？」

「当たり前じゃねえか」

「だったら、二つの死体を山の中に埋めるのを手伝うんだな」

「わかったよ」

森は怯え戦《おのの》いていた。

店主は、消音器から淡く立ち昇る硝煙を息で吹き散らした。

第五章　皮肉な宿命

1

張り込んでから、二時間が過ぎた。

間もなく午後四時になる。津坂はＢＭＷを発進させた。『全連合』の本部ビルの前を走り抜けて、車をガードレールに寄せる。

同じ路上にＢＭＷを長いこと駐《と》めておくと、どうしても不審がられる。そこで張り込み場所を移したのだが、単なる気休めかもしれない。

巨大労組の本部は千代田区内にある。それほど大きなビルではないが、六階建てだった。

元会長で顧問の五十嵐が本部ビル内にいることは、張り込んだときに偽電話で確認済みだ。津坂は全国紙の政治部記者を装って、偽の取材申し込みをしたのである。

といっても、五十嵐顧問と直《じか》に話したわけではない。電話で遣《や》り取《と》りしたのは、元会長の秘書だった。十年以上も前に憲友党が政権を失ってから、『全連合』の元会長がマスコミに登場する回数はめっきりと少なくなった。

そのせいか、秘書は嬉しそうだった。五十嵐は快くインタビューの申し入れを受けてくれた。津坂は幾分、後ろめたかった。しかし、隠れ捜査に感傷や安っぽい正義感は禁物だ。冷徹にならなければ、凶悪犯を突きとめることはできない。

津坂は週刊誌を読む振りをしながら、ルームミラーとドアミラーを交互に見た。『全連合』の本部ビルの出入口は一カ所しかなかった。

上着の内ポケットでスマートフォンが鳴ったのは四時半過ぎだった。発信者は半田刑事部長だろう。津坂はそう思いながら、スマートフォンを取り出した。電話をかけてきたのは『風の声社』の岩崎社長だった。

「フリージャーナリストの高見さんですね？」

「ええ、そうです。岩崎さん、新谷記者殺しの犯人が逮捕されたという報告が渋谷署の捜査本部からあったんですか？」

「そうじゃないんですよ。捜査が進展していないので、わたしも神尾も焦《じ》れはじめてるんです。彼と相談して腕っこきの退職刑事に犯人捜しを依頼することにしたんですが、あなたがこれまでに調べた情報を売っていただけないでしょうか？」

「空振りばかりで、まだ容疑者の見当がついてないんですよ」

津坂は答えた。退職刑事に先を越されるわけにはいかない。

「そうなんですか」

「岩崎さん、退職刑事は本庁の捜査一課で殺人犯捜査に携わってたんですか？」

「ええ、そうです」

「どなたなのかな。捜一のOBに何人か知り合いがいるんですよ」

「その方の氏名は勘弁してください。退職された元敏腕刑事は後輩の捜査員たちと競《きそ》い合う形になるわけですので、名前を教えたら、犯人捜しをしにくくなるでしょう」

「ま、そうでしょうね」

「高見さん、堺氏の事件でも有力な手がかりは得られてないんですか？」

「そうなんですよ。それから新谷記者の後輩の長沢圭太さんの事件もね。新谷さん、堺さん、長沢さんの三人の死は一本の線で繋がってると睨んでるんですが……」

「そうなんでしょうか。わたしも最初はそうなのかもしれないと思ったんですが、三つの事件は別にリンクしてるわけじゃないような気もしてきました」

「そう思われた根拠はおありなんですか？」

「いいえ、特にありません。なんとなくそう思えてきたんですよ」

「神尾編集長も岩崎さんと同じように考えはじめているのでしょうか」

「そうみたいですよ。高見さんは、あくまでも三つの殺人事件は関連があると思われてるんですね？」

岩崎が訊いた。

「ええ。新谷記者と堺さんは特殊針と思われる凶器で脳幹部分を刺し貫かれて、亡くなっています。刺し創《きず》の場所と深さが少し異《こと》なっていますが、凶器は同一と思われます。おそらく同一犯の犯行なんでしょう」

「わたしも当初は、そう考えてたんですよ。ですが、渋谷署に設置された捜査本部の方の話によると、多摩市の自宅で殺害された堺さんの傷口は新谷君のそれとは明らかに違うということでした」

「それで、同一犯の犯行ではないと判断されたわけですか」

「ええ。加害者は殺しのテクニックを習得しているようですので、二件とも正確に被害者の延髄を貫けるでしょう？」

「そうでしょうが、犯人は意図的に刺し方を少し変えたとも疑えます。加害者は複数だと捜査関係者に思わせたくてね」

「そうなのかな。それはともかく、新谷君の高校時代の後輩は通り魔殺人事件の犠牲になっただけなんではありませんか。二件とは凶器が違うでしょ？」

「そうでしたね。新谷記者と堺さんの事件の加害者とは別人の犯行なんでしょうが、長沢さんの死も何か繋がりがある気がします。長沢さんは、先輩の新谷さんから告発記事の証拠の類《たぐい》を預かっていたのかもしれません。そうした物はまだ見つかっていませんがね」

「そうなのだろうか」

「実は、堺肇さんの元妻が捜査本部の再聞き込みの際、新証言をしてるんですよ」

津坂は詳しいことを喋った。

「警察の方から、そういう話はうかがっていないな。多摩中央署の捜査本部は、新谷君の事件と堺さんの事件に関連性はないという見方をしたんで、わたしや神尾編集長には何も言ってこなかったんではないかな」

「そうなんですかね」

「高見さん、やはり新谷君と堺さんの死は結びつけないほうがいいんではありませんか？」

「しかし、二人はずっとコンビで社会の暗部やタブーを抉《えぐ》ってきたんですよね。中国人所有の不動産の転売の裏側を堺さんが単独で取材してたとは考えにくいでしょ？」

「新谷君は告発テーマにたいがい堺さんと一緒に挑んでいました。ですが、堺さんは『真相ジャーナル』の専属ライターではありません。複数の他誌に寄稿していました。不動産転売の取材は、堺さんだけがしてたんではないかと思いますがね」

「岩崎さんは、新谷記者は別の取材対象者を刺激したんで……」

「だから、殺害されたんでしょう。長沢という彼の後輩は通り魔殺人犯に殺《や》られたか、保険金詐欺犯に命を奪われたんではありませんか。わたしは、そう思うようになりました」

「そうですか」

「高見さんから有力な手がかりを教えていただけると期待していたのですが、残念です」

岩崎が通話を切り上げた。

津坂はスマートフォンを所定のポケットに戻した。『真相ジャーナル』の発行人が捜査本部が空回りしていることにもどかしさを感じたことは、むろん理解できる。しかし、会社で退職刑事に犯人捜しをさせるという話は何か奇異に思えた。

どんなに優秀だった刑事でも退職すれば、捜査権を失う。したがって、事件をスピード解決させることはたやすくない。個人的に事件のことを調べている自称高見護に手がかりを譲ってほしいという感覚も変だ。礼を欠いている。

分別を弁《わきま》えた岩崎社長が、なぜそこまで焦るのか。捜査一課の面々は、殺人捜査のプロだ。しかも新谷記者殺しを担当している捜査本部は二期目に入って、総勢三十人以上の刑事がチームワークを発揮している。退職刑事を雇うよりも、事件の落着は早いだろう。

津坂の掌《てのひら》の中で、スマートフォンが着信音を発した。発信者は半田刑事部長だった。

「少し前にコールしたんだが、話し中だったね」

「『風の声社』の岩崎社長から、電話がかかってきたんですよ」

津坂は通話内容を手短に話した。

「捜査本部がもたついてるんで、岩崎社長は退職刑事に犯人捜しをさせる気になったのか。まるでどこかの誰かみたいだな」

「半田部長とは違いますよ。岩崎社長は本当に元刑事を雇うつもりなんでしょうか？」

「津坂君、どういうことなんだ？」

「もしかしたら、社長はこっちが高見という架空のフリージャーナリストに成りすまして情報を集めたことを見破ったのかもしれませんよ」

「そうだったとしたら、岩崎社長はきみの正体を探ったんだろうな。なぜ、そんなことをする必要があったのだろうか」

「岩崎さんは、こっちが一連の事件の犯人に雇われたスパイだと疑ったんですかね？」

「そうなのかもしれないな」

「いいえ、そうじゃないでしょう。一連の事件の首謀者から、岩崎社長は脅迫されたんじゃないだろうか。『真相ジャーナル』で新谷記者と堺肇がいずれペンで告発するはずだった企画を没にしなければ、社長と神尾編集長の二人を殺すと予告されたんです」

「その推測通りなら、なんで岩崎社長は津坂君に会社が退職刑事に新谷記者殺しの犯人捜しをさせることになったと言わなければならないのか」

「まさか岩崎社長は一連の事件の真犯人を知ってて、そいつを庇《かば》おうとしてるんではないでしょうね。そんなことは考えられないな」

「いや、そうなのかもしれないぞ。それだから、岩崎社長はもっともらしい作り話をして、きみが一連の事件の真相に迫ったかどうか探りを入れたんではないだろうか。有力な手がかりを譲ってほしいというニュアンスのことを言ったということだったね？」

「はっきりとそう言いましたよ、岩崎社長は」

「いったい『風の声社』の社長は、誰を庇う気になったのか。『真相ジャーナル』の告発対象になる組織や個人は、まともではないんだろう。そう考えると、岩崎社長は一連の殺人事件の真犯人を知ったんで、脅迫されたと考えたほうがよさそうだな」

半田部長が言った。

「だとしたら、犯人側はこちらの動きに気づいたんでしょう。そして、岩崎社長に高見護と名乗ったこっちに探りを入れさせたと考えられます」

「なるほど。少し遅くなったが、田辺比佐志に関する情報を集めてもらったよ。田辺が経営してる生コンの会社を含めて、建設会社、重機販売会社など八社はリーマン・ショック以降、どこも赤字経営に陥ったらしい」

「そうなんですか」

「田辺はそのころから核シェルターや防災ハウス製造会社などの新規事業を起死回生《きしかいせい》の一打にしたんだが、それでも利益を出せなかった。配下の経済やくざたちが次々に検挙されて、上納金も吸い上げられなくなったみたいだ」

「それで、田辺は中国人所有の不動産を安く買い叩くようになったんでしょう。転売で売却益を得ようとしたのか、名義貸しで礼金を受け取る気になったのかはわかりませんが。事業が思わしくないんだったら、自前でビルやマンションの購入資金は調達できないな。多分、後者なんでしょう」

「そう考えてもよさそうだな。田辺は東京の物件だけじゃなく、名古屋、大阪、神戸、福岡のビルやマンションを二十三棟も中国人の金持ちから買い取ってた。そのことは間違いない」

「田辺にそんな資金力があるわけありませんから、中国人所有の物件を安く買い叩くダーティー・ビジネスを請け負ったんでしょう」

「そうなんだろうね。ついでに調べてもらったんだが、『全連合』の五十嵐顧問も横浜、名古屋、大阪、京都、神戸に一棟ずつビルを買ってたらしいよ。もちろん、前の所有者はリッチな中国人企業家ばかりだ」

「巨大労組の元会長も名義貸しで荒稼ぎしてるんでしょう。田辺と五十嵐に中国人所有の不動産を安く買い叩かせてるのは、民族派の財界人臭いですね」

「わたしもそう睨んだんで、民族派と目《もく》されてる経済人四人の交友関係を調べさせたんだ。ところが、四人とも五十嵐や田辺とは接点がなかった。田辺が財界関係のパーティーで四人の経済人と名刺交換してたことは確認できたんだが、その後はまったくつき合いがないようだ」

「そうなんですか。巨大労組の元親玉が民族派財界人のパーティーに招かれることはないでしょうね？」

「『全連合』の五十嵐顧問は、民族派財界人の四人とは一面識もない。部下たちがその裏付けを取ってくれたから、パーティーに顔を出すことはあり得ないな」

「五十嵐と田辺に不動産購入資金を提供してるのが民族派の財界人ではないとしたら、民自党の元老あたりが財界や右寄りの政治結社から金を集めて、中国人富裕層に買い漁られた主要都市のビルやマンションを棟ごと買い戻してるんでしょうか？」

「元首相や元副総理クラスの大物政治家が呼びかければ、資金を提供しそうな経済人はいるだろうし、右翼団体もありそうだね。そういう連中は、中国や中国人を嫌ってるからな」

「ええ。おそらく不動産だけではなく、中国人が手に入れた水利権や地下資源採掘権もことごとく買い戻したいんだろうな。ただ、相場で買い戻すのは腹立たしい。そこで、購入資金提供者は関西アンダーグラウンドの帝王と呼ばれてる田辺比佐志に日本の不動産を手に入れた中国人に罠を仕掛けて、ビルやマンションを安く買い叩かせたんでしょう」

「中国人企業家たちは揃って強《したた》かだろう。美人局《つつもたせ》程度の罠に嵌《は》められても、言いなりになんかならないと思うがな」

「おっしゃる通りでしょうね。色仕掛け《ハニートラップ》に嵌まったぐらいでは、マネーゲームの材料を手放したりしないでしょう。狙われた中国人は人殺しに仕立てられたり、スパイにさせられそうになったのではないでしょうか」

津坂は言った。

「殺人犯に仕立てられたり、中国のスパイにされそうになったら、日本の警察に追われることになる。そうなったら、マネーゲームどころじゃなくなる」

「ええ。そうした罠でビビらない相手には、もっとハードな攻め方をしたのかもしれませんよ」

「たとえば、どんなことが考えられる？」

「リッチな中国人の指を一本ずつニッパーかペンチで切り落としていけば、恐怖心に負けてしまうでしょう。それから来日中に自分の妻や子が拉致されて、ひどい目に遭《あ》ったら、所有してるビルやマンションを安値でも手放す気になるかもしれません」

「だろうね。そうした汚れ役は、もっぱら田辺比佐志が引き受けてるんだろうな。わからないのは、巨大労組の元会長がなぜダミーの買い取り人になったかだ」

「憲友党にもう一度政権を担《にな》わせたくて、議員数を増やす軍資金をなんとか調達したいと考えてるんじゃないですか。あるいは、五十嵐は『全連合』の会長職を失ったんで汚い手で金儲けをして優雅な老後を愉《たの》しみたくなったのかもしれません」

「確か五十嵐元会長には、息子が二人いたな。どちらも勤め人で、労働組合活動に情熱を傾けてるはずだよ。五十嵐は息子たちが自分の背中を見て育ったことを誇らしく思うと月刊誌のエッセイに綴《つづ》ってたが、それは本音だったんだろうか」

「半田部長、どういうことなんでしょう？」

「『全連合』の歴代会長は高卒の労働者上がりが大半だったが、五十嵐は有名国立大出身者だ。若いころに労働運動にのめり込んだんだが、心のどこかで体制の中でうまく生きて出世したいと望んでたのかもしれないぞ」

「しかし、巨大労組のトップに登りつめたんですから、特権階級じゃないですか。大企業の役員には及ばなくても、厚遇されていたんでしょう」

「そうだろうが、人間は欲張りなもんだ。本音では、名声や富の両方を欲《ほっ》してるんじゃないのか。もしかしたら、五十嵐は二人の息子と一緒に実業の世界に飛び込む気なのかもしれないよ」

「それでは転向というか、自分の半生を否定したことになるでしょ？　巨大労組の元会長がそこまでやったら、減点どころか、かつての同志たちに蔑《さげす》まれますよ」

「五十嵐は人生の残り時間を考えて、それでもいいと開き直ったんじゃないだろうか。

人生のゴールが見えてきたら、本音で生きたいと希求《ききゅう》すると思うな」

「しかし……」

「もともと人間は矛盾だらけの生きものなんだよ。五十を過ぎれば、そのことがはっきりと見えるようになる。仮に五十嵐裕が生き方を百八十度転換させても、わたしはそのことを非難する気はない」

「半田部長は器《うつわ》が大きいな」

「いや、そうじゃないんだよ。五十数年生きてきて、偉そうなことを言っても並の人間はたいしたことないとわかったんだ。みんな、五十歩百歩さ。だから、やたら他人を批判はできないって自分を戒《いまし》めてるんだよ。といって、五十嵐の悪事に目をつぶったりはしないがね。大変だろうが、張り込みを頼む」

半田が先に電話を切った。津坂は刑事部長の言葉を嚙みしめながら、通話終了アイコンに指先を伸ばした。

2

欠伸《あくび》が出そうになった。

津坂は背筋を伸ばして、気持ちを引き締めた。対象者の五十嵐は、『全連合』の本部ビルに留《とど》まったままだ。あと七分で、午後八時になる。

津坂はミントガムを口の中に入れた。ガムを嚙みはじめたとき、本部ビルの地下駐車場から灰色のレクサスが走り出てきた。

津坂はミラーに目をやった。

レクサスを運転しているのは、五十嵐本人だった。誰も同乗していない。五十嵐は写真よりも若く見える。ベージュの上着を着ていた。ボタンダウンのシャツは縞柄だ。ノーネクタイだった。

津坂はレクサスが遠ざかってから、ＢＭＷを走らせはじめた。

五十嵐は、中野にある自宅に向かっているのか。そうではなく、秘書の知らない愛人宅に行く気なのだろうか。

津坂は充分に車間距離を取り、慎重にレクサスを尾行しつづけた。

五十嵐の車は、東京駅方面に向かっていた。中央区の新富《しんとみ》一丁目を抜け、佃大橋《つくだおおはし》を渡った。すぐに右折し、隅田川《すみだがわ》に沿って数百メートル進む。津坂は運転しながら、ガムを吐き出した。

やがて、レクサスは建材会社の広い敷地の中に入っていった。奥に三階建ての社屋が見える。津坂は、車を建材会社の近くに停めた。手早くライトを消し、エンジンも切る。

津坂は建材会社の敷地に忍び込む気になった。

運転席から出ようとしたとき、黒塗りのクラウンが建材会社の敷地に入っていった。ハンドルを握っているのは四十代に見える男だ。見覚えがあった。確か少数派政党に属する国会議員だ。

津坂は、しばらく様子を見ることにした。
五、六分置きに、センチュリーやレクサスが次々に建材会社の駐車場に入っていく。車のハンドルを操っているのは、いずれも三十人以下の小政党の衆・参議院議員だった。四、五十代の男性ばかりだ。
十六台の車が建材会社の敷地内に吸い込まれた。どうやら『全連合』の元会長は、十六人の国会議員を支持政党の憲友党に引き抜くつもりらしい。五十嵐は議員たちに払う〝支度金〟を捻出したくて、中国人所有の不動産の買い取りに協力し、分け前を得ていたのではないか。

津坂はグローブボックスから盗聴器セットを取り出し、上着の右ポケットに突っ込んだ。静かに車を降りて、建材会社に近づく。

門柱には、防犯カメラが設置されていた。

しかし、塀《へい》の端は完全に死角になっている。津坂はあたりを見回した。人の姿は見当たらない。

津坂は塀の端を乗り越え、姿勢を低くして三階建ての建物に接近した。出入口には防犯カメラは設けられていない。ガラス扉もロックされていなかった。

津坂は建物の中に足を踏み入れた。

エントランスホールの左手に、事務フロアがある。暗かった。その奥に会議室があった。津坂は奥に進んだ。

「きょうはご足労いただき、ありがとうございます」

五十嵐の声が耳に届いた。津坂は会議室のドアの手前で足を止めた。ドアの上半分にはガラスが嵌め込まれている。室内は丸見えだった。

五十嵐は奥まった場所に立っていた。長方形のテーブルの両側には、国会議員が八人ずつ坐っている。

「すでに離党届を出された先生が八人いらっしゃいます。その方々は、護憲と反原発の二点で憲友党とスタンスが同じだということで、近く入党していただけることになりました。みなさまにも、できるだけ早くご決断いただきたいんですよ」

「五十嵐顧問、憲友党は本当に再生できるんですか？」

参議院の男性議員が発言した。

「もちろんです」

「言いにくいが、憲友党は支持者たちの信用を一度失ったんです。財源の確保もせずに、いろいろ公約を掲げましたんでね。はっきり言って、実現できた公約は少なかった。国民の多くは古い体質の民自党にいつまでも国の舵取りを任せていたら、この国の腐敗は永久につづく。そう感じたから、無党派層が憲友党に政権を委《ゆだ》ねてみようと期待したんですよ」

「ええ、そうでしょうね」

「ですが、閣僚たちは結局、財務官僚たちに巧みにコントロールされて、公約をほとんど果たせませんでした」

「先生がおっしゃられたように、掲げた公約の半分は達成できませんでした」

五十嵐が言い訳した。

「半分どころか、ほんの一部しか実現しなかったでしょうが！　それも、無駄なばらまきだった」

「そのへんの見解はわたしと違いますが、憲友党の幹部議員たちは野《や》に下ったことで、本当に猛省したんですよ。幹部たちは、理想論に引っ張られたことを政治家として拙《つたな》かったと認めています」

「そうなら、いいですがね。それはそれとして、内部紛争を避けられなかったのは執行部の責任だな。特に八方美人の幹事長が悪い」

「そうだと思います。ですので、わたしは元閣僚たち全員に派閥争いを繰り返すなら、『全連合』は手を引くと言い渡しました」

「『全連合』に見捨てられたら、憲友党は崩壊するでしょう」

別の議員が五十嵐に言った。衆議院議員だった。仲間の議員たちが同調する。

「党の幹部たちには独善や驕《おご》りを棄《す》てろときつく言い渡しましたので、今度こそ命懸《が》けで政治活動にいそしむでしょう」

「そうしてほしいな。そして、いまは大同団結すべきだと思います。ただね……」

「先生、遠慮なくおっしゃってください」

「それじゃ、言わせてもらおう。憲友党は、いまや泥舟と言ってもいい。それに引き換え、第三極は、まだまだ伸びる可能性がある。我が党の仲間の何人かは、そちらに移る気になってるんですよ」

「それは残念な話ですな。新聞やテレビが第三極をたびたび取り上げたんで注目されましたが、それぞれの支持率はさほど高くありません」

「そうだが……」

「支持率は大きく落ち込みましたが、憲友党はいまも最大野党です。返り咲いた民自党は日銀に圧力をかけ、大胆な金融緩和で確かに株価はアップさせました。ただ、円安になって物価は上がっています」

「景気は落ち込むだろうってわけですか？」

「わたしだけではなく、たくさんの金融専門家やエコノミストはそう見ています。警鐘を鳴らしはじめてる経済学者も、ひとりや二人ではありません」

「そうなるんだろうか」

「現政権の無策がつづいたら、日本の経済はひどいことになるでしょう。危険だらけの金融緩和の恩恵に浴するのは一部の大企業だけで、中小企業や庶民の暮らしはよくならないはずです。借金塗《まみ》れのこの国は復興できなくなるでしょう。民自党・公正党《こうせいとう》の連立政権をできるだけ早く倒して、また憲友党が舵取りをしないと、再生は絶望的になると思います。ぜひ先生方のお力をお借りしたい」

「五十嵐さん、そういう話はもう聞き飽きました。ここに集まった議員たちは、五十嵐顧問が提示した支度金に満足できないんです。国会議員の歳費は年に約千五百万円ですよ。公設秘書手当や文書通信費などを含めれば、もっと多額ですがね」

　それまで黙っていた五十代後半の議員が口を開いた。

「ええ、そうですね」

「歳費に少し色をつける程度の引き抜き料では納得できない方が多いんじゃないかな。少なくとも、わたしは支度金が少ないと思いますね。五十嵐元会長はよくご存じのはずだが、政治活動には金がかかります。だから、民自党はパーティーを開いて裏金づくりに励んできたんです」

「そのことは承知しています」

「党の鞍替《くらが》えとなれば、選挙区に戻って支持者たちの理解を得なければならない。電話で報告するってわけにはいきません。支持者たちと会食しながら、憲友党に移る理由を説明する必要があります」

「でしょうね。支度金の額に満足いただけたら、即座に離党届を出していただけます？」

　五十嵐が議員たちを眺め渡した。と、白髪の年配の男性議員が駆け引きに入った。

「アメリカのメジャーリーグに移った野球選手と同じトレード金を用意してほしいとは言わないが、せめて二億円の支度金はいただきたいな」

「二億円ですか⁉」

「なんとかなるでしょ？『全連合』の元会長なんだから、各労働団体に少し協力金をねだれば、四、五十億円の金は集まると思うな」

「加盟団体のプール金は、あまり多くないんですよ」

「だったら、甘い汁を吸いつづけてる大企業からカンパしてもらいなさいよ。あなたなら、有名企業の弱点を知ってるはずです」

「わたしに企業恐喝をやれとおっしゃるわけですか⁉ 『全連合』の元会長が経済マフィアみたいなことをやったら、加盟団体や憲友党の支持層がたちまち離れてしまいます」

「元会長自身が動くことはありません。あなたは、関西の裏経済界の首領《ドン》と同郷なんでしょ？ 田辺比佐志のことですよ」

「田辺さんとは同じ和歌山県の出身なんで、県人会の集まりで何度かお目にかかりました。しかし、個人的なつき合いはまったくありません。生き方がまるっきり違いますからね」

「会長、隠すことはないでしょ？ あなたが伊達眼鏡《だてめがね》をかけて大阪の北新地《きたしんち》の高級クラブで、田辺比佐志と密かに会ってるという情報がわたしの耳に入っています」

「それは単なる中傷ですよ。田辺さんと個人的にお目にかかったことは、ただの一遍もありません」

「そういうことにしておきましょう。憲友党のマドンナ議員の彼女とは、いまも親密な関係なんでしょ?」

「誰のことです?」

「宮脇《みやわき》小夜子《さよこ》議員のことですよ。『全連合』の票がなければ、憲友党は政権なんか獲《と》れなかったんだから、五十嵐元会長に美人議員を差し出すぐらいは……」

「噂を真《ま》に受けたんでしょうが、わたしは宮脇さんとは特別な関係じゃありません。妙なことを言わないでください。みなさんに誤解されかねませんので」

「そんなふうに否定されても、元会長と宮脇議員が別々に日本を発《た》たれて、地中海でクルージングを愉《たの》しんだ事実はかなりの議員たちが知ってますよ」

「事実無根ですっ」

五十嵐が語気を強めた。図星だったから、つい感情的になったのだろう。津坂は、そう感じ取れた。

「そうむきになることはないでしょ? 女性議員がいないんで本音を喋りますが、浮気は男の甲斐性ですよ。一角《ひとかど》の男は何事も精力的ですから、女好きなもんです。かく言う自分も女性は嫌いじゃありません。現在、愛人がいるかどうかはお答えできませんけどね」

「おい、そんな話はやめろ！」

別の議員が詰《なじ》った。五十嵐の私生活を暴いた議員が、きまり悪げに笑った。

「話題が逸《そ》れてしまいましたが、みなさんが離党届を保留にしているのは、要するに支度金に満足いただけないということなんですね？」

五十嵐が、またもや議員たちを見回した。大半の議員が一斉にうなずく。

「わかりました。おひとり一億五千万円の支度金を用意させていただきます。すでに憲友党入りを決められた方たちには、各自五千万円ずつ上乗せします」

「もう少しなんとかなりませんかね。二億五千万円いただけるなら、明日にも離党届を出しますよ」

出席者のひとりが粘った。

「それは無理です」

「せめて二億三千万円にならないかな」

「厳しいですね」

「それじゃ、一千万円だけでも上乗せしてくれませんか」

「それも難しいですね。二億円ずつ一括で払いますよ。もちろん、先生方の次の選挙は『全連合』が全面的にバックアップします」

「それで、手を打とうじゃないか」

ベテランの参議院議員が出席者たちに同意を求めた。すぐに拍手が鳴り響いた。

五十嵐が深々と頭を下げた。議員たちが思い思いに寛《くつろ》ぎ、雑談を交わしはじめた。

津坂は会議室を離れ、そっと建物を出た。塀の端を乗り越え、ＢＭＷの中に戻る。

数十分が流れると、国会議員たちのセダンが次々に建材会社の敷地から走り出てきた。

津坂は車の台数を数えた。十六台が走り去った。建物の中には、『全連合』の元会長しかいないのだろう。

相手は六十五歳の年配者である。少し締め上げれば、口を割りそうだ。津坂はそう判断し、運転席で体の向きを変えた。

ＢＭＷを降りかけたとき、レクサスが走り出てきた。

津坂は少し間《ま》を取ってから、車を走らせはじめた。レクサスは裏通りを抜け、清澄《きよすみ》通りから晴海《はるみ》通りを銀座方向に進んだ。不倫関係にあると噂された三十五歳の美人議員の自宅に向かっているのか。そうではなく、まっすぐ帰宅するのだろうか。

レクサスは三十分近く走り、やがて千駄ヶ谷の裏通りにある『古堂』という骨董店に横づけされた。店は営業中だったが、客はいないようだ。

五十嵐が店内に入った。

津坂はＢＭＷを路肩に寄せ、運転席から離れた。通行人を装って、骨董店の前を通過する。

五十嵐は、店番をしていたと思われる色気のある女性と話し込んでいた。相手は二十代の後半だろうか。

津坂は足を止め、店頭の暗がりまで走った。耳に神経を集める。

「何か掘り出し物があるかもしれないと思って、ちょっと寄ってみたんだ」

「せっかく来ていただいたのに、ごめんなさい。彼は留守なんですよ。山梨の古物商のとこに行って、江戸時代中期の漆器《しっき》を譲ってもらうとか言って出かけたんです」

「そうなのか。それで、亜弓《あゆみ》さんが店番をしてたんだね」

「ええ。わたしは骨董品のことはほとんど何も知りませんので、お客さんが見えたら、困ると思ってたんですよ。でも、誰もお店に来なかったの。仲代《なかだい》には叱られるかもしれないけど、よかったと思いました」

「仲代さんは道楽でこの店をやってるようだから、売上は気にしてないんでしょう」

「そうですね。さほど儲かっていないはずなんですけど、いつもお金は持っています」

「仲代さんは東北の旧家の出なんだよね？」

「そう言っていました。潤一《じゅんいち》という名前だから、長男だと思います。それで、親の遺産がかなり入ったんじゃないのかしら。わたしたちは内縁の関係だから、彼の実家や血縁者のことはよく知らないんですよ」

「年齢差はあるけど、お二人は惚れ合ってるんだろうな」

「恋愛感情はともかく、体の相性がいいんですよ。だから、くっついてるの。仲代さんは謎めいたとこがあって、ちょっと無気味に思えるときもあるけど、夜の生活はばっちりだから……」

「ご馳走さま！　そのうち、また店を覗かせてもらうよ」

「彼に何か伝言があったら、わたし、必ず伝えます」

「特にないんだ。お寝《やす》み！」

五十嵐が店の女性に別れを告げた。津坂は慌てて物陰に身を潜めた。

外に出てきた五十嵐がレクサスに乗り込んだ。灰色の車はじきに走りだした。

レクサスを追うべきか。それとも、骨董店の主の内妻に探りを入れるべきか。津坂は短く迷ったが、ＢＭＷに駆け寄った。

レクサスを追尾する。五十嵐の車は十数分走り、市谷台町《いちがやだいまち》の戸建て住宅のガレージで停まった。『全連合』の元会長はポーチに回り、ノッカーを短く鳴らした。

ほどなくドアが開けられた。

津坂は目を凝らした。姿を見せたのは、憲友党のマドンナ議員だった。五十嵐が宮脇小夜子と軽く唇を合わせ、後ろ手に玄関ドアを閉めた。

噂は事実だったにちがいない。津坂は、もう少し様子を見ることにした。シフトレバーをR《リヴァース》レンジに入れ、軽くアクセルペダルを踏み込む。

スコップの音が熄《や》んだ。

穴の中で、ヘッドランプの光が揺れた。骨董店の店主は、森が主に掘った穴の縁《ふち》に立っていた。

山梨県大月《おおつき》市の外れにある滝子山《たきごやま》の中腹の山林の中だ。標高千五百九十メートルの山の中位よりもやや下だった。山道の下から、毛布と布袋でくるんだ鷲塚と娘の遺体を担《かつ》いで、ここまで運んできたのだ。

仲代潤一は、いつもの和服姿ではなかった。森が調達した登山ウェアを身にまとっていた。二つの遺体は、仲代の足許に転がっている。

「仲代さんは狡《ずる》いよ。自分が鷲塚と娘の沙里奈を撃ち殺したのに、おれにボックスカー、寝袋、毛布、スコップ、軍手、ヘッドランプなんかを集めさせてさ。穴掘りも少しやっただけだもんな」

「おまえと違って、もう若くないからな。すぐに息が上がってしまうんだよ。情けない話だがね」

「調子いいよ、まったく。これぐらい掘れば、もういいんじゃねえの？　おれ、汗みどろだよ。トランクスまで、ぐっしょりと濡れちゃってる」

「後で、少しまとまった小遣いをやるから、我慢しろ」

「どのくらい貰えるんだい？」

「お後のお楽しみだよ。森、穴から這い上がれ」

「ああ、わかった」

森が深い穴から出てきた。泥だらけだった。

仲代は、二つの亡骸《なきがら》を穴の底に蹴落とした。父親、娘の順だった。どちらも死後硬直していた。マネキン人形のような感触だった。

「早く蓋をしちまおう」

森がスコップで縁の周りの土を掬《すく》って、穴の中に投げ落としはじめた。仲代は懐中電灯の光で穴を照らした。

森が黙々と作業をつづける。十数分経《た》つと、土が二つの寝袋を覆い隠した。

「ちょっと休憩させてもらうぜ」

森がスコップを盛り土に垂直に突き入れ、マールボロに火を点けた。大きく喫《す》い込み、煙を吐く。

「うまいか？」

「ああ。おれは、あんたの急所を握ったことになる。この目で鷲塚父娘が仲代さんに撃ち殺されるとこを目撃したんだからさ」

「わたしを強請《ゆす》ってるつもりか？」

仲代は薄く笑った。

「そう解釈してもらってもいいな」

「若造がこのわたしから、口止め料をせしめようと本気で考えてるのか⁉　くっくっく。笑わせるな」

「おれはマジだぜ。毎月、おれの指定した銀行口座に三百万円ずつ振り込め。あんたが生きてるうちは、ずっと払ってもらうぞ」

森が喫《す》いさしの煙草を穴の中に投げ捨てた。

「おまえはとろいな」

「とろいだと⁉　もう一遍言ってみやがれ」

「わたしは、おまえから奪ったグロック32をまだ持ってる」

「あっ、危《ヤバ》い！」

「鷲塚たち二人と一緒にあの世に行くんだな」

仲代はベルトの下から消音器付きの拳銃を引き抜き、無造作に二発連射した。

頭部と首に被弾した森は、前のめりに倒れた。声一つ洩らさなかった。最初の銃弾で絶命したのだろう。

「初めっから、こうするつもりだったんだよ」

仲代はうそぶいて、オーストリア製のハンドガンを腰に戻した。消音器は、わずかに熱を帯びていた。

仲代はスコップで近くの土を掬い上げ、森の背に撒《ま》きはじめた。

3

五十嵐はいっこうに尻尾《しっぽ》を出さない。

津坂は、思わず長嘆息してしまった。ＢＭＷの運転席だ。車は『全連合』本部ビルから少し離れた路上に駐めてある。

五十嵐元会長をマークしはじめて五日目だった。陽《ひ》は大きく傾いていた。朝から張り込みつづけているが、何も動きはない。

巨大労組の元会長は午前十一時過ぎに本部ビルに入ったが、職場に籠《こも》ったままだった。この四日間、津坂は五十嵐に張りついていた。五十嵐は仕事が終わると、自宅か愛人宅に直行した。寄り道をすることはなかった。

五十嵐は、少数政党に属する二十四人の国会議員を憲友党に引き抜く気でいる。それには、総額で四十八億円の支度金を用意しなければならない。

議員引き抜きの件は、『全連合』の幹部たちには話してあるのだろう。

しかし、加盟の労働者団体が五十嵐元会長に揃って協力するとは考えにくい。支援している憲友党が野に下《くだ》ったのは、五十嵐のリードの仕方に問題があったと批判する者が少なくなかったからだ。

おそらく元会長は、議員引き抜きに必要な支度金を個人的に集める気になったのだろう。だが、巨額をカンパしてくれる団体は見つからなかった。

やむなく五十嵐は同県人の田辺比佐志と共謀して、大企業の弱みにつけ入ったのではないか。二人のイデオロギーは相反しているが、双方とも金が必要だった。そんなことで、つるむ気になったのだろう。

二人は企業恐喝で、多額の口止め料を得たと思われる。だが、その金でリッチな中国人が所有していたビルやオフィスを七十七棟も買い取ることはできない。

五十嵐と田辺をダミーにして、日本の不動産を買い戻させたのは民族派の財界人なのではないか。津坂はそう推測し、半田刑事部長経由で本庁公安部公安第三課から情報を取り寄せた。

同課は右翼団体や過激な民族主義者たちの動向を探《さぐ》っている。民族派の財界人が不動産購入資金を五十嵐や田辺に流した疑いはないということだった。

金の出所がわからない。メガバンクの不動産部が五十嵐たち二人に、不動産買い戻しの資金を提供してきたのだろうか。物件を安く買い叩かせて転売すれば、大きな売却益を得られる。銀行は拝金主義者の権化《ごんげ》と言ってもいい。儲かることなら、たいていのことはやってのけるだろう。

しかし、ダミーとして巨大労組の元親玉や裏経済界の首領《ドン》を使うだろうか。そこまでやったら、保守系政治家や財界人たちからの信頼を失うことになる。長い目で見たら、マイナスだろう。

急成長した新興企業が五十嵐たち二人をダミーにして、七十七棟のビルやマンションを安く手に入れさせたのか。成金《なりきん》たちは常識や通念に囚《とら》われない傾向がある。

しかし、五十嵐は『全連合』の元会長だ。前科歴はないが、経営者たちとは立場が違う。田辺は関西アンダーグラウンドの帝王である。

不動産の転売で利益を得ても、デメリットが伴う。経済マフィアの親分がスポンサーの弱みにつけ入り、破格の分け前を要求するかもしれない。下手をしたら、新興企業まで乗っ取られる恐れもある。

そう考えると、五十嵐と田辺の背後にいる金主《スポンサー》を絞り込むことができない。津坂は、また溜息をついた。

友人の沖直人は三日前から大阪で田辺比佐志をマークしている。

これまでの報告によると、田辺は帝塚山《てづかやま》にある自宅と東梅田《ひがしうめだ》の生コンクリート製造会社を往復しているだけらしい。不動産購入資金提供者とは、意図的《いとてき》に接触しないようにしているのだろう。電話、ファクス、メールなどで充分に連絡は取り合える。

わざわざ沖に大阪に行ってもらったが、無駄なことをしたのかもしれない。

津坂は旅費と宿泊費をたっぷりと友人に渡してあったが、それでいいというものではないだろう。沖は自分の仕事を後回しにして、自分に協力してくれている。ありがたい話だが、いつまでも甘えるわけにはいかない。

津坂は沖に電話をかけて、まず友人を犒《ねぎら》った。

「こっちから、津坂に電話しようと思ってたんだ。田辺は相変わらずスポンサーらしき人物と接触してないが、少し収穫があったよ。北新地にある田辺の馴染みの高級クラブに去年の秋ごろから月に一、二度、五十嵐が姿を見せるようになったそうだぜ」

「その証言は誰から得たんだ？」

「店のフロアマネージャーに三枚の万札を握らせたら、教えてくれたんだ。五十嵐は伊達眼鏡をかけて、付け髭を貼りつけて現われるらしいよ」

「付け髭だって、なぜわかったんだろう？」

「うっかり手の甲で口許を拭ったとき、剝がれちゃったみたいだな」

「そういうことか。これで、五十嵐と田辺が繋がってることははっきりしたな。二人が一緒に中国人所有のビルやマンションを安く買い叩いてることは、ほぼ間違いないだろう。田辺が手下の者を使って、リッチな中国人たちに恐怖心を与えたと考えられるな」

「そうなんだろう。津坂、『全連合』の元会長も金主と思われる人物と接触してないのか？」

沖が訊いた。

「そうなんだよ。五十嵐と田辺は不動産購入資金提供者とは直《じか》には会わないようにしてるんじゃないか」

「だとしたら、お手上げだな」

「そのまま大阪にいても、収穫はないだろう。沖、東京に戻ってきてくれ」

「いいのか？」

「ああ。こっちに帰ってきて、自分の仕事をこなしてくれよ。手を借りたくなったら、連絡するから」

「なら、いったん東京に戻ろう」

「そうしてくれないか。お疲れさん！」

　津坂は電話を切った。それを待っていたように、友香梨から電話がかかってきた。笹塚のウィークリーマンションは、彼女が三日前に引き払ってくれていた。

「堺肇殺しの容疑者が特定できたのか？」

「ううん、そうじゃないの。捜査は混迷を深めてるわ。なかなか重要参考人を絞れないんで、また多摩中央《うち》署の浜畑課長は達也さんをマークしたがってるの」

「まさにスッポンだね。で、捜査本部《チョウバ》の連中はおれをマークする気になったのかな？」

「ううん、心配ないわ。本庁の担当管理官がね、優秀だった刑事が殺人事件に関与してるはずはないと署長に抗議口調で言ったの。それだから、達也さんの動きを探ったりしないと思う」

　友香梨が言った。多分、半田刑事部長が裏から手を回してくれたのだろう。これで、隠れ捜査に支障はなくなったわけだ。津坂は素直に喜んだ。

「達也さんのほうはどうなの？」

「近いうちに事件の核心に迫れそうだよ」

津坂はそう前置きして、成果を伝えた。もちろん、差し障りのあることは黙っていた。

「『全連合』の元会長はそれまでに得た分け前で、議員引き抜きの支度金の四十八億円を調達できるのかしら？　中国人所有の不動産を相場の五分の一ぐらいで買い叩いて転売すれば、かなりの売却益は出そうね。一棟について一億円ぐらいの名義貸し料を貰ったとしたら、なんとか……」

「五十嵐や田辺の取り分がどのくらいかは調べてないんだよ。二人の名義になってる物件は併《あわ》せて七十七棟だから、一億円ずつ分け前を得て山分けしてれば、五十嵐は支度金を都合つけられるだろう」

「そうでしょうね」

「ただ、七十七棟はまだ転売されてないんだ。だから、分け前というか、謝礼は二人とも貰ってないんじゃないかな」

「そういう条件だったら、二人は汚れ役は引き受けないんじゃない？　多分、物件を手に入れた段階で五十嵐と田辺に謝礼は払われてるんでしょう」

「そうなら、五十嵐は四十八億円の支度金を工面できるか」

「達也さん、一連の事件の絵図を画《か》いたのは五十嵐と田辺の二人なの？」

「そう睨んでるんだが、司令塔は二人のバックにいる組織なのかもしれないな」

「組織なのかな。不動産購入資金の提供者が個人とは考えられない？」

「何百億円も持ってる資産家がいるかな。アメリカあたりの富豪は何千億円も資産を有してるが、日本には……」

「いないとは言い切れないんじゃないかしら？　もしかしたら、スポンサーは日本人じゃなくて、ブルネイの王族とかインドネシア在住の華僑《かきょう》かもしれないわよ。大金持ちだからって、マネーゲームに関心がないわけじゃないでしょ？」

「スポンサーが外国人か。考えられなくはないな。南太平洋に浮かぶ島国あたりが日本の不動産でマネーゲームをしたんだろうか」

「国家ぐるみのマネーゲームは、ちょっと考えられないわね。ううん、そうとは言い切れないな。いまの世の中、なんでもありだから」

「そうなんだが、やっぱり金主は日本の組織か個人だと思うよ。正体不明のスポンサーは、中国人富裕層に日本の不動産が買い占められることを阻止したいようだからな。不動産バブルが弾けて中国の経済成長率は下降線を描くようになったが、富を得た金満家は海外のビルやマンションをいまも買い漁ってる。五十嵐と田辺に日本の不動産を買い戻させた金主は、のさばってる中国人を懲《こ》らしめてやりたい気持ちが強いんだろう」

「そう考えると、スポンサーは民族派の財界人っぽいな。あるいは、中国嫌いな日本人の大金持ちなんでしょうね。堺肇の事件で何か進展があったら、こっそり達也さんに教えてあげる」

友香梨がいたずらっぽく笑い、通話を切り上げた。

津坂はスマートフォンを懐に収めた。そのとき、先夜、五十嵐が千駄ヶ谷の骨董店を訪れたことを思い出した。

店主の内妻と五十嵐の会話を頭の中で反芻《はんすう》する。仲代という姓の店主は東北地方の旧家の長男で、道楽で骨董店を経営しているようだった。

五十嵐の趣味は骨董品集めで、『古堂』をちょくちょく覗いているだけなのか。あるいは、店主は大変な資産家でありながら、労働運動に理解があるのか。

骨董店の主がスポンサーとは考えられないだろうか。一面識もない仲代という店主のことが気になりはじめた。

津坂は半田に電話をかけた。

「千駄ヶ谷一丁目で『古堂』という骨董店を経営してる仲代という店主のことを調べて

いただきたいんです。多分、犯歴はないと思いますが、一連の事件《ヤマ》に関わりのある男かもしれないんですよ」

「もう少し詳しい説明をしてくれないか」

刑事部長が促《うなが》した。津坂は詳細を述べた。

「店主が東北地方の旧家の跡取り息子だったとしても、七十七棟のビルやマンションを購入するだけの金を持ってるだろうか」

「確かに骨董店の主が、そんな資産家だとは思えません。ですが、五十嵐が単に掘り出し物を見つけに訪れただけではなかったら……」

「五十嵐の自宅と『古堂』は近いわけじゃないな。馴染みの店なら、自宅からそれほど遠くない場所にありそうだね。よし、すぐに部下に調べさせよう。折り返し、こちらから連絡するよ」

電話が切られた。

津坂はセブンスターに火を点けた。ブラックジャーナリストの振りをして、憲友党の宮脇小夜子に探りを入れてみるか。津坂は煙草を吹かしながら、そんな気になった。

『全連合』の会長とマドンナ議員が不倫関係にある事実が世間に知られたら、二人のイメージは汚れる。美しい独身議員は脅迫に屈しそうだ。口止め料を要求すれば、金の用意をするだろう。

津坂にその気はなかったが、相手は熟《う》れた肉体を投げ出すかもしれない。だが、不倫相手の致命的な不正を喋ったりするだろうか。それはあり得なそうだ。それ以前に、『全連合』の元ボスはダーティーな方法で荒稼ぎしていることを不倫相手には隠しているにちがいない。

マドンナ議員に威《おど》しをかけても、有力な手がかりは得られないだろう。津坂はそう考え直し、短くなった煙草の火を消した。

半田刑事部長から電話がかかってきたのは数十分後だった。

「『古堂』の経営者は仲代潤一という名で、四十七歳だった。確かに仙台の名家の跡取り息子だったんだが、両親と大喧嘩して二十年前に失踪してるんだ。家族は警察に失踪人届を出し、探偵社に行方を捜させた。しかし、いまも行方はわかってない。犯罪に巻き込まれて、すでに殺されてるかもしれないな」

「つまり、『古堂』の主は失踪した仲代潤一に成りすました別人の可能性があるということですか」

「その疑いは濃いね。実在の仲代潤一がちょうど十年前に本籍地で自分の戸籍謄本と抄本を三通ずつ取り寄せてるんだ。交付申込書の筆跡は当人のものだったらしい」

「仲代潤一は金に困って、自分の戸籍謄本と抄本を他人に売ったんではないですか？」

「考えられるね。身内や知人と縁を切って、どこかでひっそりと生きてればいいんだが、戸籍謄本や抄本を売った相手に殺害されてしまったのかもしれないな」

「そうですね。仲代潤一に成りすましてると思われる骨董店の店主は、いったい何者なんでしょう？　半田部長、仲代潤一名義で運転免許証は取得されていました？」

「それは、九年前に取得されてたよ。しかし、旅券は発行されてなかったね」

「ということは、渡航はしてないわけか。納税はどうなっていました？」

「住民税、所得税なんかはきちんと納付されてる。しかし、納税額は多くなかったな」

「脱税してるんだろうか。店主には相当な資産がありそうだと内妻と五十嵐が喋ってたんですが……」

「仲代潤一と称してる店主は覚醒剤か、銃器の密売をしてるんじゃないのかな。そうした非合法ビジネスで年に何億円も稼いでたとしても、所得税の申告をする奴なんかいないだろうからね」

「ええ。麻薬や銃器の密売に関わってないとしても、何か非合法な方法で荒稼ぎしてるのかもしれません」

「そうなんだろう。本当の仲代潤一の実家は相当な資産家のようだが、二十年も前に行方をくらました長男に親の遺産が渡ってるとは思えない。『古堂』の店主は、仲代潤一の偽者だよ。その男が裏ビジネスで荒稼ぎしてたんなら、五十嵐や田辺に不動産購入資金を提供できるだろうな」

「スポンサーは骨董店の主なんですかね」

「直属の部下たちに『古堂』をしばらく張り込ませようか？」

「刑事部長、それはもう少し待ってください。他人の戸籍を買った人間は前科歴はなくても、警察の動きに敏感だと思うんですよ。張り込みの覆面パトカーに気づいて、逃走するかもしれません」

「そうだね。もう少し経過を見たほうがよさそうだな」

「ええ。辛抱強く待ってれば、いまに五十嵐が背後にいる人物と接触するかもしれません」

「わかった。いまは、直属の部下を動かさないよ。もっと骨董店の主に関する情報を集めさせよう」

「お願いします」

津坂は通話を終わらせ、情報屋の小寺のスマートフォンを鳴らした。スリーコールで、通話可能状態になった。

「小寺の旦那、仲代潤一と自称してるアウトローを知ってる?」

「そいつは偽名を使って、危《ヤバ》い裏ビジネスをしてるんだろうな」

「麻薬ビジネスに関わってる四十代の男で、仲代と名乗ってる奴はいる?」

「そういう名の売人はいないね。覚醒剤や大麻樹脂の卸しをやってる連中の中に仲代なんて奴はいなかった」

「銃器ブローカーや売春クラブ経営者の中にもいないかな?」

「と思う」

「そいつは、他人の戸籍を買って仲代潤一という失踪人に成りすましてる疑いがあるんだよ」

「なら、昔から知ってる戸籍ブローカーに当たってみるか。その男は路上生活者《ホームレス》たちから戸籍を買い取って、前科者、指名手配犯、不法入国した韓国人や中国人なんかに高く売ってる。十数年前から集めた他人の戸籍を売ってるんで、仲代潤一と名乗ってる男のことを憶《おぼ》えてるかもしれない。いったん電話を切って、後でかけ直すね」

小寺が電話を切った。

津坂は『全連合』の表玄関に目を注ぎながら、折り返しの連絡を待った。情報屋から電話があったのは、およそ十分後だった。

「仲代潤一の戸籍を買ったのは、日本語の達者な台湾出身の男だったらしい。台北《タイペイ》で人を殺して、日本に密入国したと言ってたそうだ」

「台湾人が上手な日本語を操ってたって？」

「そう言ってたらしい、戸籍ブローカーにはね。その話はなんか嘘っぽいな。本当は大陸生まれの中国人で、長く日本に住んでる奴だったのかもしれないぞ」

「そいつの顔かたちまでは記憶してないんだろうな」

「そこまでは憶えてないと言ってたよ。少しはお役に立った？」

「いいヒントを得られたよ。前回の情報謝礼十万と併《あわ》せて、会ったときに二十万円渡す。小寺の旦那、ありがとう！」

津坂は明るく言って、通話を切り上げた。

4

数分後だった。

『全連合』の本部ビルの地下駐車場から、レクサスが走り出てきた。元会長の五十嵐の車だ。

津坂はレクサスが遠のいてから、ＢＭＷを走らせはじめた。

レクサスは数十分走り、六本木五丁目にあるサパークラブの専用駐車場に入った。五十嵐は、誰かと店で落ち合うことになっているようだ。憲友党のマドンナ議員と会うことになっているのだろうか。

津坂は、ＢＭＷをサパークラブの斜め前の路肩に寄せた。

ヘッドライトを消して数分後、店の前にタクシーが停まった。後部座席から降り立ったのは、『真相ジャーナル』の神尾編集長だった。

『全連合』の五十嵐元会長は、神尾と会うことになっていたのか。だとしたら、予想外だ。神尾が腕時計に目をやって、あたふたとサパークラブの中に入っていった。

津坂は変装用の眼鏡をかけ、前髪を額に垂らした。ＢＭＷを降り、サパークラブに入る。

五十嵐と神尾は奥のテーブル席に着いて、何か話し込んでいた。神尾とは面識がある。不用意には近づけない。津坂は中ほどの席に坐り、ウイスキーの水割りとオードブルを注文した。酒とつまみは、待つほどもなく運ばれてきた。

神尾は気骨のある編集長という印象を与えた。しかし、それは表向きの貌《かお》だったようだ。時には外部の圧力に抗しきれずに、スクープ種を握り潰していたのだろうか。そして、新谷・堺コンビが告発する気でいた企画を没にしてしまったのかもしれない。それに怒った新谷たちが『真相ジャーナル』ではない媒体を使って、巨大労組の裏の貌を暴こうとしたのだろうか。

推測が間違っていなければ、神尾は一連の殺人事件と無縁ではないだろう。編集長自身が部下の新谷とフリージャーナリストの堺を殺害したとは思えない。だが、神尾は犯人に心当たりがあるのではないか。

津坂は四十分ほどで店を出た。ＢＭＷに乗り込み、五十嵐たちが出てくるのを待つ。

数十分が過ぎたころ、神尾がひとりでサパークラブから現われた。ＢＭＷの運転席には目もくれずに、外苑東通りに向かった。

津坂は、神尾編集長に揺さぶりをかけてみることにした。車を降りて、大声で『真相ジャーナル』の編集長を呼び止める。

「おや、高見さんじゃないですか⁉」

立ち止まった神尾が足早に歩み寄ってきた。

「同じ店にいたんですよ。神尾さんは『全連合』の五十嵐元会長と話し込んでらしたんで、声をかけそびれてしまったんです」

「そうだったんですか」

「五十嵐元会長とは長いおつき合いなんですか？」

「いいえ、初めて会ったんですよ。民自党の閣僚二人が、大手企業から多額のヤミ献金を貰ってるという情報を流してくれたんです。五十嵐さんは、もう一度憲友党に政権を担《にな》わせたくて、さまざまな根回しをしてるみたいですよ。巧妙な迂回《うかい》方法で不正献金は渡されてました。その証拠資料も五十嵐さんから提供されたんで、来月号の目玉記事になりそうです」

「それはよかったですね」

「ええ。その後、何か進展は？」

「残念ながら……」

「そうなのか。一杯飲《や》りたいとこですが、わたし、次の約束があるんですよ」

「お呼び止めして悪かったですね。それでは、失礼します」

津坂は踵《きびす》を返し、自分の車に乗り込んだ。

神尾の受け答えは自然だった。演技をしている様子はうかがえなかった。実際、五十嵐とは初対面だったのだろう。

十数分が流れたころ、五十嵐がサパークラブから出てきた。レクサスに乗り込み、すぐに発進させる。

津坂は、ふたたび五十嵐の車を尾行しはじめた。レクサスは芝《しば》公園方向に走り、やがて芝浦桟橋《しばうらさんばし》の端に停まった。すぐ右手にレインボーブリッジが見える。

津坂は、少し離れた場所に車を停めた。手早くライトを消す。
四、五分後、レクサスの横に黒いセンチュリーが停止した。五十嵐が車を降り、センチュリーの助手席のドアを開ける。ルームランプが灯った。なんと運転席には、『風の声社』の岩崎社長が坐っていた。
どういうことなのか。

津坂は頭が混乱した。岩崎正隆は何らかの理由があって、五十嵐と裏取引をしたのだろうか。そうだとしたら、一連の殺人事件に五十嵐や田辺が絡んでいたことは知っていたのだろう。

ほんの数分で、五十嵐は自分の車の運転席に戻った。レクサスが走りだした。なぜかセンチュリーは動かない。

津坂は、岩崎の動きを探ることにした。
七、八分過ぎると、岩崎の車の近くに一台のタクシーが停まった。降りた客は和服を着た男だった。四十代の後半だろう。顔はよく見えないが、動きは機敏だった。
男はタクシーが走り去ると、センチュリーの助手席に坐り込んだ。津坂はそっとBM

Wを降りて、センチュリーに忍び寄りたい衝動に駆られた。

しかし、あたりには数台の車しか見えない。若いカップルが夜の海を眺めながら、ロマンチックな気分に浸っているのだろう。埠頭《ふとう》を歩いていたら、不審がられるにちがいない。

津坂は運転席から離れなかった。

センチュリーが走りだしたのは、およそ三十分後だった。和服姿の男を乗せたままだ。

津坂は、センチュリーの尾灯《テールランプ》が闇に紛《まぎ》れる寸前にBMWを発進させた。

岩崎の車は第一京浜《けいひん》国道の芝《しば》四丁目交差点の近くで停まった。助手席から和服の男が降りる。センチュリーは走りだした。

和服を着た男は、通りかかったタクシーを拾った。津坂はタクシーを追尾しはじめた。

タクシーが停まったのは、千駄ケ谷の骨董店の真ん前だった。

着流し姿の男は、シャッターの潜《くぐ》り戸から店内に消えた。仲代潤一と名乗っている店主だろう。

津坂は『古堂』の少し先の路肩にBMWを寄せ、上着の内ポケットから革の名刺入れを取り出した。ルームランプを点け、神尾の名刺を取り出して電話をかける。
五、六度コールサインが聞こえ、当の本人が電話に出た。

「フリーライターの高見護です。六本木でお呼び止めして、すみませんでした」

「何か急用なんですね？」

「ええ。岩崎社長に急いで確認したいことがあるんですよ。この時刻では、もう会社にはいないでしょうね？」

「もう帰宅したと思いますよ。社長の名刺には、スマホのナンバーも刷り込まれてるはずです。電話をしてみたら？」

「直接お目にかかって、訊きたいことがあるんですよ。神尾さんに迷惑はかけませんので、岩崎社長の自宅の住所を教えていただけませんかね？」

「いいですよ。社長の家は、目黒区碑文谷《ひもんや》五丁目十×番地にあります。趣《おもむき》のある洋館です。独り暮らしにはもったいない住まいですね」

「岩崎さんはずっと独身なんですか？」

「ええ、そうですよ。といっても、ゲイじゃありません。四十代の半ばまでは幾人かの女性と同棲してたようですが、一度も正式には結婚してないんです」

「そうなんですか。岩崎さんは台湾の方か、大陸系中国人と親しくしてます？」

「台湾人のほうはわかりませんが、大陸育ちの中国人は何人も知り合いがいるでしょう。社長は三十数年前、北京《ペキン》大学に留学してたんですよ。日本の大学を卒業した後にね」

「そうだったんですか。岩崎さんは実業家の御曹司《おんぞうし》だったらしいから、アメリカかイギリスの名門大学に留学しそうですが、なぜ北京大学を留学先に選んだんでしょう？」

「社長は子供のころから、資産家の家に生まれたことにある種の負い目を感じてたらしいんです。それで大学生になると、左翼思想に傾いたんですよ。そんなことで、社会主義の国の大学に留学する気になったんでしょう」

「なるほど、それで北京大学に入ったのか」

「留学時代の学友たちの多くは、中国共産党の幹部になっているそうです」

「そういう留学体験があるんでしたら、岩崎さんは中国びいきなんでしょうね」

「いいえ。中国共産党は非民主的だし、幹部連中は堕落しきってると批判的ですよ。社会主義国家の矛盾と腐敗ぶりを知って、社長は幻滅したんでしょう。帰国後は思想的に転向して、親から引き継いだ企業グループの経営に携わってたんですよ」

　神尾が言った。

「しかし、岩崎さんは事業家に徹し切れなかったんだろうな」

「その通りです。岩崎社長は経営権を実の弟さんに譲って、『風の声社』を創業したんです。それで、『真相ジャーナル』を創刊したわけですよ。広告を一切《いっさい》載せない方針を貫いてるんで、社長は親から生前贈与された金融商品や土地を手放しながら、頑張ってるんですよ。広告主がいたら、やはり制約が出てきますのでね。アンタッチャブルなテーマは取り上げられません。岩崎社長のような出版人がたくさんいれば、真実の報道ができるんですが……」

「岩崎さんの信念は素晴らしいですね。神尾さん、ありがとうございました」

津坂は謝意を表し、電話を切った。スマートフォンを懐に戻し、BMWを走らせはじめる。

岩崎宅を探し当てたのは三十数分後だった。

白い洋館には照明は灯っていなかった。ガレージも空だ。津坂は岩崎邸の近くで張り込みはじめた。

夜が更けても、岩崎は帰宅しなかった。芝浦桟橋からBMWに尾けられていることを感じ取って、今夜は自宅に戻らないつもりなのか。そうではなく、どこかで息抜きをしているだけなのだろうか。

閑静な住宅街は、ひっそりと静まり返っている。津坂は張り込みつづけた。

前方からヘッドライトの光が近づいてきたのは、午前零時数分前だった。

津坂は闇を透かして見た。接近してくる車はセンチュリーだった。岩崎正隆の車だろう。

待った甲斐があった。津坂は、にっと笑った。

そのすぐ後、センチュリーが急に左折した。ターンランプは点けられなかった。岩崎は自宅近くの暗がりに不審な車輌が駐まっているのに気づいたのだろう。

津坂はＢＭＷを急いで発進させた。車を脇道に乗り入れ、センチュリーを追う。

センチュリーは住宅街を走り抜けると、目黒通りに出た。環八《かんぱち》通り方向に進み、今度は杉並方面に向かう。

津坂は追跡を続行した。センチュリーは東京料金所から、東名高速道路の下《くだ》り線に入った。ＢＭＷをハイウェイに乗り入れる。

深夜とあって、車の量は少なかった。センチュリーを見失うことはないだろう。

センチュリーは右のレーンをひた走りに走っている。時速百数十キロは出しているにちがいない。センチュリーは裾野ＩＣ《すそのインターチェンジ》で高速道路を下《お》り、富士裾野線をたどりはじめた。愛鷹山《あしたかやま》の麓《ふもと》だ。

センチュリーは徐々にスピードを落としはじめた。

追っ手を振り切る気なら、減速はしないだろう。津坂は罠の気配を嗅ぎ取った。それでも、怯《ひる》まなかった。

センチュリーは、ＢＭＷを民家のない場所に誘い込む気なのではないか。岩崎が格闘技を心得ているとは考えにくい。拳銃を隠し持っているのか。

それとも、荒っぽい男たちに助け太刀を頼んだのだろうか。そうなのかもしれない。

センチュリーは五キロほど先で、市道に逸《そ》れた。さらに林道に入る。津坂は、ルームミラーを仰《あお》いだ。追ってくる車輛は目に留《と》まらなかった。

不意にセンチュリーが停まった。雑木林の際《きわ》だった。何か仕掛けてくるのか。

センチュリーの運転席から男が降りた。岩崎だった。『真相ジャーナル』の発行人が暗い雑木林に分け入った。津坂はセンチュリーの十数メートル後方にＢＭＷを停め、運転席から出た。夜気《やき》は生暖かかった。どこかで地虫が鳴いている。

「岩崎社長、逃げても無駄だ。あんたは一連の事件に何らかの形で絡んでる。そうなんだろう？」

津坂は雑木林に向かって叫んだ。

だが、返事はなかった。助っ人は、どこに身を潜めているのか。漆黒《しっこく》の林の中に足を踏み入れるのは賢明ではない。

津坂はセンチュリーの車体に凭《もた》れて、敵が焦《じ》れるのを待った。

十分以上待っても、動く人影は視界に入ってこない。さらに六、七分遣《や》り過ごす。それでも、変化はなかった。

自分から仕掛けることにした。
津坂は警戒しながら、雑木林に足を踏み入れた。下生えには、病葉《わくらば》が折り重なってい
た。歩くたびに、かさこそと鳴る。
津坂は抜き足で樹木の間を縫《ぬ》いはじめた。前方の樹々《きぎ》の枝が重なって、影絵のように
見える。岩崎は太い樹幹にへばりついているのか、何も物音はしない。
津坂は耳をそばだてた。かすかに葉擦《ず》れの音がするだけだ。岩崎は、そう遠くない所
で息を殺しているのだろう。
津坂は奥に向かった。
十メートルほど進んだとき、頭上から何かが落ちてきた。次の瞬間、首に針金の輪が
掛けられた。
とっさに津坂は、輪に右手の指を掛けた。
三本だった。針金の輪が一気にすぼまった。指の内側に針金が喰《く》い込む。
津坂は痛みを堪《こら》えて、針金を強く引っ張った。首の後ろに針金が埋まる形になったが、
喉のあたりに幾らか隙間が生まれた。
津坂は上を見た。
太い枝の上に黒い人影があった。黒っぽい服を着て、ジャングルブーツを履《は》いている。

年恰好まではわからない。筋肉質の体軀《たいく》だった。

頭上にいる敵が唸《うな》って、両腕で針金を強く引いた。津坂は吊り上げられ、足が地べたから浮きそうになった。

このままでは、縛り首にされてしまう。さすがに落ち着いてはいられなくなった。左手を上着のインナーポケットに滑り込ませ、アイスピックを一本引き抜く。

すぐに津坂は、下からアイスピックをほぼ垂直に投げた。

アイスピックは、横に張り出した枝の下部に突き刺さった。すかさず津坂は、二本目のアイスピックを放った。枝の上にいる男が呻いた。アイスピックがどこかに命中したらしい。首に回された輪が緩《ゆる》んだ。

反撃のチャンスである。津坂は左手も輪に掛けた。握り込むなり、両腕に力を込めた。思いっ切り引く。

垂れた針金が、ふっと軽くなった。頭上の男が針金から手を離したにちがいない。津坂は針金の輪を首から抜き、樫《かし》の大木の幹に体当たりをくれた。

小枝が揺れたが、枝の上に立った男は少しも揺らがなかった。

津坂は数メートル退《さ》がって、ブーメランを飛ばした。

暗がりで正確に的《まと》を狙うことは難しい。ただの威嚇のつもりで投げたのだが、ブーメランの端が相手の顔面を掠《かす》めたようだ。

「日本鬼子《リーベングイズ》！」

男が呻いて、日本人の蔑称《べっしょう》を吐いた。ブーメランがUターン途中で樹木に当たり、津坂の足許に落ちた。

「おまえは中国人だな。岩崎の留学時代の学友の息子か、誰かじゃないのかっ」

津坂はブーメランを拾い上げた。

敵の男が掛け声を発し、太い枝から舞い降りた。その手には、青龍刀が握られている。刃渡りは四十センチ前後だ。

「やっぱり、チャイニーズだったか」

津坂は自然体を崩さなかった。

相手が無言で青龍刀を水平に薙《な》いで、すぐに下から掬《すく》い上げた。刃風《はかぜ》が津坂の耳を撲《う》つ。威《おど》しの一閃《いっせん》ではなさそうだ。侮《あなど》れない。

ブーメランを使うには、敵との距離が近すぎる。津坂は背後の大木の陰に回り込んだ。

青龍刀が、またもや振られた。

大きな刃は斜め上段から振り下ろされた。厚刃が樹木の幹に沈んだ。樹皮の欠片《かけら》が飛散する。男が青龍刀を引き抜こうとした。だが、すぐには引き抜けない。

津坂は横に跳《と》んだ。相手の右の向こう臑《ずね》を蹴りつける。

相手が短い声を洩らし、腰の位置を落とした。よろけたが、倒れなかった。

津坂は横蹴りを見舞った。

男が後方に引っくり返った。津坂はブーメランを手製のホルスターに戻し、青龍刀を一気に引き抜いた。

振り向いたとき、上体を起こした敵が発砲した。拳銃から放たれた弾《たま》は青龍刀を掠《かす》めた。小さな火花が散る。

津坂は青龍刀を手にしたまま、後方に退避《たいひ》した。

立ち上がった男が連射してきた。銃口炎《マズル・フラッシュ》は橙《だいだい》色《いろ》がかった赤だった。樹皮と小枝が四散する。

津坂は弾《たま》切れになったら、躍《おど》り出る気でいた。だが、読みが浅かった。

男は銃弾を放ちながら、雑木林を抜けた。そのまま岩崎のセンチュリーに乗り込み、すぐさま走らせはじめた。

「くそっ」

津坂は急いで林道に走り出た。青龍刀を投げ捨て、ＢＭＷを発進させる。

いくらも進まないうちに、走行音の異常に気づいた。前輪の片側のタイヤをパンクさせられていた。岩崎を逃がした男の仕業だろう。

スペアタイヤはトランクルームに入っている。津坂は舌打ちして、ＢＭＷを停止させた。

5

追尾中の白いプリウスが中村区《なかむら》に入った。

名古屋市の中心地だ。区内にＪＲ名古屋駅がある。

津坂はレンタカーの黒いカローラの速度を落とし、間にワゴン車を割り込ませた。

愛鷹山の麓で岩崎と助っ人の二人を取り逃がした翌々日の午後七時過ぎである。岩崎は姿をくらましたままだった。『全連合』の五十嵐元会長の居所もわからなかった。

そんなわけで、津坂はきのうの朝から千駄ヶ谷の『古堂』に張りついていた。ＢＭＷのタイヤは自分で交換したが、敵にマイカーを知られている。そこで、津坂はカローラを借りたのだ。

骨董店の主は、きのうは外出しなかった。

今朝は『古堂』の前に白いプリウスが駐《と》めてあった。津坂は半田刑事部長にナンバー照会をしてもらった。プリウスは前日に品川区内の月極駐車場で盗まれた車と判明した。

自称仲代潤一は前の日は終日、店舗付きの住居にいた。プリウスを盗んだのは、岩崎を逃がした中国人と思われる。

『古堂』の店主がハンドルを握って東京を発《た》ったのは、四時間数十分前だった。

きょうは和服姿ではなかった。砂色のサマージャケットをボタンダウンの長袖シャツの上に重ねていた。スラックスの色はチャコールグレイだった。

やがて、プリウスは中村区の外れにある料亭の駐車場に入った。屋号は『きよ川』だった。

敷地が広く、内庭は手入れが行き届いている。庭木と置き石のバランスは絶妙だった。

津坂は十五分ほど経《た》ってから、レンタカーを降りた。

料亭に入る。七十歳前後の下足番の男が打ち水で踏み石を湿らせていた。津坂は会《え》釈《しゃく》して、下足番に歩み寄った。

「どちらさまでしょう？」

下足番が問いかけてきた。津坂はありふれた姓を騙《かた》って、模造警察手帳の表紙だけを見せた。

「何か事件の内偵捜査なんですね？」

「ええ、そうです。さきほどプリウスで乗りつけた客は、仲代と名乗ったんでしょ?」

「は、はい。あの方が法に触れるようなことをしたのでしょうか?」

「凶悪な犯罪に深く関わってる疑いがあるんですよ。仲代は、誰の座敷に招《よ》ばれたんです?」

「そうしたご質問にわたしの一存でお答えしてもいいものかどうか。女将《おかみ》を呼んでまいりましょう」

「そんな悠長なことを言ってたら、仲代は料亭内で招待主に危害を加えるかもしれません。『きよ川』で殺人事件が起きたら、客はぐっと少なくなるでしょうね」

「そ、それは困ります。商売にならなくなりますんで。わかりました。お教えしましょう。東京からお見えになった仲代さまは、田辺さまのお座敷に行かれました」

「一席設けたのは、大阪在住の田辺比佐志なんですね?」

「ええ。田辺さまは仲代さまに一目置いてらっしゃるようで、去年の春から毎月お座敷を予約されて……」

「仲代を招待してる?」

「そうです。田辺さまは、仲代さまにお金になるビジネスを回してもらっていると洩らしていました」

「仲代のほかに同席者は？」

「今夜は仲代さましか招かれていませんが、いつもは田辺さまと同郷の方が同席されています」

「その客は、『全連合』の五十嵐裕元会長なんでしょ？」

「ええ、そうです」

「岩崎正隆という紳士然とした男が同席したことは？」

「そういうお名前の方は一度もお見えになっていませんね」

「そうですか。いつも田辺、仲代、五十嵐の三人は何か密談してたんでしょう？」

「田辺さまは必ず人払いをされていますけど、そうなんだと思います。ですけど、話の内容は女将も仲居も知らないはずです」

「でしょうね。座敷で金銭の授受をしてる様子は？」

「そこまではわかりません。ただ、先月、仲代さまが田辺さまと五十嵐さまに『物件の名義はしばらくそのままにしといてほしいんだ』と別れしなに囁《ささや》いてました」

　下足番が小声で言った。

「密談が終わったら、座敷に芸者を招んでるんでしょ？」

「去年の秋まではそうでしたが、その後は芸者たちを招ぶことはなくなりました。仲代さまは三味線の音《ね》がお好きじゃないようです。胡弓《こきゅう》を弾ける者はいないかと一度おっしゃって、女将を困らせたことがありました。仲代さまは、中国の伝統楽器の音色がお好きなのでしょう」

「郷愁を掻き立てられるんだろう」

「えっ、仲代さまは日本人ではないんですか⁉ 流暢《りゅうちょう》な日本語を喋ってらっしゃいますけど」

「日本人に成りすました中国人かもしれないんですよ」

津坂は、つい口を滑らせてしまったことをすぐに悔やんだ。

「そういえば、仲代さまは洗顔されるときに手を動かすのではなく……」

「顔のほうを動かしてました？」

「ええ。日本人はそんな顔の洗い方はしませんが、中国の方はそういう洗顔の仕方をすると聞いたことがあります。そうそう、仲代さまは手を紙代わりにして洟《はな》をかまれたこともありましたね。そうした習慣はなかなか抜けないのでしょう」

下足番が呟いた。怪我の功名だ。骨董店の店主は、日本人の振りをした中国人にちがいない。

「こちらのことは、田辺や仲代には絶対に喋らないでくださいね。捜査の手が迫ってると知ったら、二人は女将か誰かを人質に取って籠城《ろうじょう》するかもしれませんので」

「女将にも言わないほうがいいのでしょうか?」

「そうしていただきたいな。ご協力に感謝します」

津坂はもっともらしく言って、下足番に背を向けた。『きよ川』を出て、レンタカーの運転席に入る。

仲代潤一に成りすましていた男は、ただの中国人ではなさそうだ。日本で暗躍しているチャイニーズ・マフィアの一員なのか。

起業で富を得た同胞が日本の不動産を次々に買い漁り、さらに資産を増やしている。そこで、謎の中国人は五十嵐と田辺を使って、大陸在住の富裕層所有のビルやマンションを安く買い叩かせ、いずれ転売で大きな売却益を得ようと企《たくら》んだのか。上海《シャンハイ》マフィアか福建《フージェン》マフィアなら、数百億円の購入資金も調達できそうだ。

しかし、粗野な犯罪者集団がそんな面倒な裏商売をするだろうか。津坂は疑問に思えてきた。

岩崎の逃亡を手助けした中国人は、何か特殊な訓練を受けているようだった。単なるチャイニーズ・マフィアではないだろう。中国国家安全部の工作員なのかもしれない。

日中関係が悪化してから、両国の貿易額は激減している。中国共産党は面子《メンツ》もあって、強硬外交の姿勢を崩さない。

ところが、経済成長率は低下しはじめている。建前はともかく、中国政府は外貨を獲得したいのではないか。

日本の不動産を買い漁っているリッチな中国人の大半は、いずれ一家か一族で海外に移住する気でいる。彼らが外国に流出する前に、正体不明の中国人は強引な方法で日本の所有不動産を安く手に入れ、転売で荒稼ぎする気なのではないか。

津坂は半田刑事部長に経過を報告してから、頼みごとをした。

「本庁公安部で、中国大使官付きの武官で在任中に消息不明になった者がいるかどうか調べてもらいたいんですよ」

「仲代潤一に成りすましてた骨董店の店主が元武官かもしれないと推測したんだね？」

「ええ、そうです。どの国にも言えることですが、大使館付きの武官のほとんどは工作員でしょ？」

「だろうね。元武官かもしれない奴は諜報活動だけではなく、闇の外貨稼ぎを命じられたんだろうか」

「そう考えれば、五十嵐と田辺との繋がりに説明がつくんですよ。岩崎正隆も一連の殺人事件に絡んでることは間違いないでしょうね。『真相ジャーナル』の発行人がどんな役割を演じたのかは、まだはっきりしませんが……」

「わかった。すぐ公安部長に会おう。何かわかったら、必ず津坂君に連絡するよ」

半田が早口で言って、電話を切った。

津坂はスマートフォンを懐に仕舞《しま》い、紫煙をくゆらせはじめた。

件《くだん》のプリウスが料亭から走り出てきたのは一時間数十分後だった。

ひどく不機嫌そうな顔つきだ。田辺が分け前に不満を洩らしたのか。それとも、脅迫されたのだろうか。

津坂はカローラを走らせはじめた。

プリウスは数百メートル先で、茶色いRV車に進路を塞《ふさ》がれた。『古堂』の主が苛立《いらだ》たしげに警笛を鳴り響かせる。

RV車から二人の男が飛び出した。

どちらも極道風で、三十歳前後だ。田辺の配下かもしれない。男たちはプリウスのドアを開け、ドライバーを外に引きずり出した。片方の丸刈り頭の男は、消音型拳銃を手にしていた。ロシア製のマカロフPbだ。

『古堂』の主は平然としている。不敵な笑みを浮かべ、左右の男を正拳《せいけん》と逆拳《ぎゃくけん》で一瞬のうちに倒した。サイレンサー・ピストルを奪うと、迷うことなく二人の暴漢の太腿に一発ずつ銃弾を撃ち込んだ。その際、中国語で何か悪態《あくたい》をついた。

男たちがのたうち回りはじめた。

骨董店の店主は消音型拳銃を助手席に置くと、プリウスを数十メートル後退させ、脇道に乗り入れた。ハンドル捌《さば》きは鮮やかだった。

津坂はレンタカーで、プリウスを追走した。

だが、追走を振り切られてしまった。カローラで、襲撃現場に引き返す。腿を撃たれた二人の男がRV車のそばで唸っていた。路面から血の臭いが立ち昇っている。

津坂は現職刑事を装って、男たちに〝職務質問〟をした。

やはり、二人とも田辺比佐志の手下だった。田辺に仲代潤一の拉致を命じられたのだが、しくじってしまったわけだ。

「仲代潤一は中国人だな？」

津坂は、丸刈りの男に問いかけた。

「逃げた男が中国人であることは間違いないわ。けど、わしらはあん男について詳しいことは聞かされてないねん」

「そうか。おまえらのボスは『全連合』の五十嵐元会長と共謀して、大企業から多額の口止め料をせしめたなっ」

「そのことをもう調べ上げたんやったら、空とぼけても意味ないな。その通りやけど、わしら、どのくらい脅し取ったかはよう知らんねん。嘘やないで。ほんまや」

「田辺と五十嵐は、プリウスに乗ってた中国人に企業恐喝の件を知られてしまったんだろ？　それで、二人は日本の不動産を所有してるリッチな中国人名義のビルやマンションを安く買い叩くことを強《し》いられたんじゃないのか」

「そうなんやけど、転売時に売却益の三十パーセントを貰えるいう条件やったそうやから、ボスも五十嵐さんも……」

「積極的に中国人たちをビビらせて、超安値でビルやマンションを買い取ったわけだ」

「そうや」

「不動産の購入資金は、逃げた中国人が用意したのか？」

「そういう話だったわ。詳しいことはようわからんけど、購入資金は東京の中国大使館にプールしてあるそうや」

「中国大使館に⁉」

「そうや。わしらのボスは、はっきりそう言うとったわ。知っとることは何もかも喋ったんやから、わしら二人を早《はよ》う救急病院に運んでくれや。さっき一一九番したんやけど、まだ救急車が来《こ》んねん。頼むで、ほんまに」

相手が路上に坐り込んだまま、両手を合わせた。

「じきに救急車は来るよ。その前にパトカーが来るだろう」

「先に救急車に来てほしいわ。もたもたしたら、わしら、出血多量で死んでしまうがな」

「その程度の怪我じゃ死にやしない」

津坂は言い捨て、カローラに足を向けた。

骨董店の主《あるじ》は、プリウスを民家の生垣に寄せた。

ヘッドライトを消し、サマージャケットの内ポケットからスマートフォンを取り出す。

『きよ川』の近くにいる仲間に連絡を取った。すぐに電話は繋がった。

「田辺の奴が欲を出して、自分と五十嵐の取り分を三十パーセントから四十五パーセントに上げてくれと言いだした。自分たちの要求を吞《の》まなければ、国ぐるみの外貨稼ぎをマスコミに流すと脅迫した。え？　そうだよ、予想通りだったわけだ。田辺が車に乗り込んだら、リモコン爆弾のスイッチを入れてくれ」

自称仲代潤一は母国語で告げ、通話終了アイコンに触れた。

凄《すさ》まじい爆発音が聞こえた。

レンタカーのエンジンを始動させた直後だった。爆発音は『きよ川』のある方向から響いてきた。田辺の車が爆破されたのではないか。

津坂はそう直感し、カローラを走らせはじめた。料亭に向かう。数分で、『きよ川』に達した。

料亭の前の路上で、黒塗りのベントレーが炎上している。

ドアの吹き飛んだ後部座席から、黒焦《こ》げの塊《かたまり》が転げ落ちた。田辺の遺体だろう。半《なか》ば炭化している。

お抱え運転手と思《おぼ》しき男の両腕は消えていた。顔もない。爆風で頭部は千切《ちぎ》れてしまったようだ。

ベントレーの四、五十メートル先の暗がりから、白っぽいワンボックスカーが発進した。怪しい。田辺の車に爆発物を仕掛けた犯人が車内にいるのではないか。

津坂はたっぷりと車間距離を取ってから、不審車輛を尾行しはじめた。ワンボックスカーは市街地を抜け、名古屋西ＩＣ方面に向かった。

半田刑事部長から電話がかかってきたのは、名古屋西ＩＣの数キロ手前を走行中だった。津坂は片手運転をしながら、スマートフォンを左耳に当てた。むろん、交通違反だ。

「公安部の情報で、およそ十年前に消息不明になった武官がいることがわかったよ。郭《クオ》福清《フーチン》という名で、現在、四十八歳だ。郭《クオ》は中国国家安全部に所属してた優秀な武官だったらしい。十六年前に駐日中国大使館の武官に任命され、ずっと情報集めをしてたんだそうだよ」

「その郭《クオ》が仲代潤一に成りすまして骨董店の主を装い、スパイとして働いてたんでしょう。その裏付《ウラ》けは間《ま》もなく取れそうです」

「津坂君、名古屋で大きな動きがあったようだな？」

半田が言った。津坂は経緯をつぶさに語った。

「そのワンボックスカーに乗ってるのは、郭福清《クオフーチン》の工作員仲間だろう。そいつが田辺のベントレーにリモコン爆弾を仕掛けたんだと思うよ」

「そうにちがいありません。近々、五十嵐も始末されそうですね」

「そうだろうな。津坂君、一連の殺人事件の首謀者は郭《クオ》なんじゃないのか。田辺と五十嵐が新谷、堺、長沢の三人の口を殺し屋《プロ》に封じさせたと思ってたが、国家ぐるみの巧妙な外資稼ぎという陰謀があったとすれば、郭《クオ》が工作員仲間と三人の被害者を抹殺したんだろう」

「こっちもそう筋を読んだんですが、岩崎正隆も共犯と考えてもいいと思います。これは想像なんですが、『真相ジャーナル』の発行人は留学時代の弱みを何か押さえられて悪事に加担することを強要されたのかもしれません」

「そうなんだろうか。岩崎の動きも怪しいから、そう考えるべきだろうね。まさか殺人はしてないと思うが……」

「わかりませんよ、それは。とにかく、ワンボックスカーを追尾しつづけてみます」

「そうしてくれないか」

交信が終わった。

ワンボックスカーは名古屋西ＩＣから、東名高速道路の上《のぼ》り線に入った。津坂は尾行しつづけた。

不審な車輛は高速で疾駆《しっく》し、四時間弱で都内に入った。津坂は注意深く尾けつづけた。

やがて、ワンボックスカーは港区元麻布《もとあざぶ》三丁目にある中国大使館の敷地の中に消えた。

外交官ナンバーではなかった。おそらく武官が個人的に用意したワンボックスカーだろう。

偽造ナンバープレートに変えられていたにちがいない。ナンバーから、ワンボックスカーの所有者を割り出すことは難しいだろう。

各国の駐日大使館は治外法権で守られていて、捜査機関も手が出せない。たとえ津坂が現職刑事であっても、犯罪容疑のある大使をはじめとする外交官や武官を取り調べたり逮捕することは不可能だった。

忌々《いまいま》しいが、正攻法では郭福清《クオフーチン》や工作員仲間を追いつめることはできない。津坂は拳《こぶし》でステアリングを叩き、レンタカーで中国大使館の前を通り抜けた。


郭《クオ》はプリウスを停めた。

足柄《あしがら》SA《サービスエリア》の大駐車場だ。駐《と》められている車は疎《まば》らだった。

郭《クオ》はスマートフォンを使って、工作員仲間の胡克強《フークオーチャン》に連絡した。三十六歳の胡《フー》は、最も頼りになるスパイ仲間である。武官としても優秀な男だ。

「胡《フー》、田辺を爆殺してくれて礼を言うよ」

郭《クオ》は母国語で語りかけた。

「先輩、田辺と五十嵐から計七十七棟の物件を相場の四分の一の値で売却するという念書は取ってあるんですよね？」

「その点、抜かりはないよ。その念書があれば、転売で大きな利益を得られる」

「輸出量が減っても、たんまり外貨を獲得できますね。ところで、五十嵐はどんな手で消します？」

「胡《フー》、五十嵐は岩崎に片づけさせることにしたよ。あの男は、おれの命令に逆《さか》らえないはずだから、『全連合』の元会長を葬ってくれるだろう」

「そうでしょうね。そういうことなら、元刑事の津坂は自分が始末します。あの男にはブーメランで顔を傷つけられてますんで、恨みがあります」

胡《フー》が言った。

「そうだったね。それなら、じりじりと苦しめてから止《とど》めを刺すんだな」

「そうしてやります。郭《クオ》さん、津坂の友人の沖ってフリージャーナリストはどうします？」

「その男は始末しなくてもいいよ。『真相ジャーナル』の新谷記者が高校時代の後輩に預けてた証拠類はすべて回収済みだからな。しかし、元刑事の津坂は猟犬みたいな奴だ。だから、生かしておくわけにはいかない」

「そうですね」

「まだ邪魔者をすべて片づけたわけじゃないが、ちょっと一息入れたくなったな。家に帰ったら、亜弓の素肌に和服を着せて嬲《なぶ》りまくってやるか。また、連絡するよ」

郭《クオ》は通話を切り上げ、喉の奥で笑った。

エピローグ

筋読みは外れたのか。

津坂は首を捻《ひね》った。憲友党のマドンナ議員宅の近くで張り込んで、今夜で三日目になる。『全連合』の五十嵐元会長が愛人宅に身を潜めていることは間違いない。

行方をくらましている郭福清《クオフーチン》か、工作員仲間のどちらかが労働貴族を始末すると確信していた。だが、推測は正しくなかったのか。

津坂は、ＢＭＷのダッシュボードの時計を見た。午後十時四十分過ぎだった。

宮脇小夜子議員は前日、欧州視察旅行に出かけていた。五十嵐は独りで愛人の自宅にいる。襲うチャンスではないか。しかし、宮脇邸に忍び寄る人影は目に留《と》まらなかった。

津坂の脳裏に岩崎正隆の顔が浮かんだ。

岩崎は愛鷹山の麓から逃走した後、会社にも自宅にも寄りついていない。郭《クオ》とともに中国大使館内に匿《かくま》われているのだろうか。

『真相ジャーナル』の神尾編集長が社長の行方を追っているが、いまだに居所は突きとめていなかった。友人の沖も、郭《クオ》と岩崎の潜伏先を見つけようと駆けずり回ってくれていた。だが、二人の隠れ場所は摑めていない。

十一時になって間もなく、美人議員宅の前にタクシーが停まった。

津坂は視線を延ばした。タクシーの後部座席から現われたのは、『風の声社』の岩崎社長だった。連れはいなかった。

岩崎はあたりを見回してから、宮脇宅のインターフォンを鳴らした。うつむき加減だった。顔を見られたくないのだろう。

ややあって、スピーカーから男の声が流れてきた。五十嵐だろう。

「わたし、郭《クオ》さんの使いの者です。五十嵐さんですね？」

岩崎が確かめた。

「そうです。あなたは中国大使館の方なのかな？」

「ええ。あなたをしばらく大使館に匿うことになりました。そのほうがいいでしょ？日本の警察は優秀ですので、侮《あなど》れません」

「そうだね。それに、わたしは命を狙われてるかもしれない。先夜、田辺さんが名古屋で爆死させられたからね。まさか郭《クオ》さんが……」

「田辺さんは、対立関係にあった経済マフィアに爆殺されたんですよ。わたしたちの調べで、そのことはわかりました」

「そうだったのか」

「すぐに五十嵐さんを大使館にお連れしますので、急いで着替えなどをバッグに詰めてください」

「衣類の多くは、キャリーケースに詰めたままなんだ。すぐに出られるよ」

「では、門の前でお待ちしています」

「わかった」

遣《や》り取《と》りが終わった。

岩崎が勝手に門扉《もんぴ》の内錠を外し、マドンナ議員宅に入った。アプローチをたどり、ポーチに向かう。玄関先で、五十嵐を待つ気らしい。

津坂はBMWを降り、宮脇宅に近づいた。

岩崎はポーチにたたずんでいた。素振《そぶ》りがおかしい。天を仰いだり、深呼吸をしている。岩崎は郭《クオ》に命じられて、五十嵐の命を奪う気なのではないか。

津坂は、そう直感した。

数秒後、玄関のドアが開けられた。現われた五十嵐はキャリーケースを引いていた。

岩崎が無言で五十嵐に組みつき、左腕で相手の首をホールドした。ほとんど同時に、右腕が大きく動いた。

五十嵐が短く呻き、ゆっくりと頽《くずお》れた。

岩崎が跳《と》びのいた。五十嵐の心臓部には刃物が深々と突き刺さっている。五十嵐はポーチに両膝をついてから、後方に倒れ込んだ。

岩崎が奇声を発し、身を翻《ひるがえ》した。

津坂は宮脇宅に躍《おど》り込んだ。アプローチの石畳の途中で、岩崎が立ち竦《すく》んだ。

「あんたは郭福清《クオフーチン》に何か弱みを握られ、悪事の片棒を担《かつ》がされたんだな？」

津坂は先に口を開いた。

岩崎が無言で頭から突っ込んでくる。津坂は身を躱《かわ》さなかった。全身で岩崎を受け止め、大腰で投げ飛ばす。

岩崎は転がった。津坂は片方の膝頭で、岩崎の腰を押さえつけた。

「仲代潤一の戸籍を買って日本人を装ってた郭福清《クオフーチン》は、中国の国家安全部の工作員なんじゃないのか。それとも、共産党中央委員会直轄の中央調査部か国務院公安部の諜報員なのかい？　中国には、三つの情報機関があるはずだ」

「郭《クオ》は国家安全部直轄の人民武装警察部隊《レンミンウージョアンジンチャブドィ》の隊員だったんだよ、十六年前までね。その後、駐日中国大使館の武官になり、およそ九年前に〝仲代潤一〟に成りすましてスパイ活動をしてたんだ」

「あんたの逃走に手を貸したのは、郭《クオ》の工作員仲間なんだろう?」

「彼は後輩の武官で、胡克強《フークォーチャン》という名だよ。三十七か、八だと思う」

「あんたは郭《クオ》と一緒に中国大使館に隠れてたんだな?」

「そうだよ」

「中国大使館に匿ってもらえるってことは、あんたはスパイ行為をしてたようだな」

「………」

「どうなんだっ」

「わたしは留学時代に郭福清《クオフーチン》の七つ年上の姉と交際してたんだ。莉花《リーホア》という名で、美人だった。彼女のことは嫌いじゃなかったが、結婚までは考えていなかった。異国暮らしの淋《さび》しさから、郭福清《クオフーチン》の姉とつき合うようになったんだよ」

「それで?」

「バースコントロールには気を配ってたんだが、莉花《リーホア》は妊娠してしまった。それで、彼女はわたしと国際結婚すると言いだしたんだ。わたしはパニックに陥って、無意識に両手で莉花《リーホア》の首を絞めてた。そのことは中国の捜査機関にはバレなかったんだが、彼女の弟に勘づかれてしまったんだよ」

「それで後年、中国の諜報機関の手先にされてしまったわけか」

「協力しなければ、郭福清《クオフーチン》に殺されることになっただろう。だから、やむなく……」

「中国は国家ぐるみでダーティーな外貨稼ぎを企《たくら》んだんだな？」

「シラを切っても無駄だろう」

岩崎は、郭《クオ》が弱みのある田辺や五十嵐をダミーにして、富裕な中国人が買い漁った七十七棟のビルやマンションを安く手に入れさせたことを認めた。

「そのことを新谷記者やフリーライターの堺肇さんが嗅ぎつけた。新谷記者は不正の証拠を高校の後輩の長沢圭太さんに預けた。それを郭《クオ》か胡《フー》がそっくり奪った。そうなんだな？」

「長沢圭太の自宅に忍び込んだのは胡克強《フークォーチャン》だよ。新谷君の後輩を殺したのは、ネットの裏サイトで見つけた殺し屋だと聞いてる。その男は松原《まつばら》とかいう名で、もうタイに逃げてるはずだ」

「新谷記者と堺氏を特殊針で刺し殺したのは、郭《クオ》なんだろうな」

「いや、そうじゃないんだ。新谷君を殺したのは、このわたしだよ」

「実行犯は、あんただったのか⁉」

「郭《クオ》に延髄の貫き方を教わって、このわたしが新谷君の口を封じたんだ。自分の会社の敏腕記者を殺したくはなかったよ。しかし、郭《クオ》の命令に背《そむ》いたら、わたしがあの男に仇討ちされることになる。まだ死にたくなかったんだよ、わたしは」

「あんたは坊ちゃん育ちのエゴイストだな。堺さんを殺《や》ったのは誰なんだ？」

「郭《クオ》だよ。わざと下手な仕留め方をしたのは、捜査の目を眩《くら》ますための小細工だったんだ」

「あんたと郭《クオ》、それから胡《フー》も糞野郎だっ」

「わたしは莉花《リーホア》、新谷君、五十嵐の三人を殺してしまった。五十嵐を刺したダガーナイフでわたしの心臓部を貫いてくれないか。死刑囚にはなりたくないんだよ」

「甘ったれるな。けじめをつけたいんだったら、てめえで死にやがれ！」

「頼むから、わたしを殺してくれーっ」

岩崎が子供のように泣きじゃくりはじめた。

津坂は立ち上がって、懐からスマートフォンを取り出した。半田刑事部長に連絡し、岩崎の身柄を引き渡すためだった。


四日後の夜である。

津坂は中国大使館の近くで張り込んでいた。ＢＭＷの運転席から、大使館の出入口が見通せる場所だった。

逮捕された岩崎正隆は渋谷署に留置中で、きょうの午前中に二件の殺人容疑で地検に送致された。長沢圭太殺しの犯人の松原陽平《ようへい》、三十二歳は昨夕、バンコク市内で身柄を確保された。

だが、堺を刺殺した郭《クオ》と工作員仲間の胡《フー》には警察は何もできなかった。治外法権に阻まれたせいだ。

粘ったことは無駄ではなかった。

中国大使館からブリリアントグレイのベンツが走り出てきた。ハンドルを操っているのは胡《フー》だった。助手席には郭《クオ》が坐っている。

津坂は車を発進させ、ベンツの真ん前に割り込んだ。郭《クオ》たち二人がすぐにＢＭＷに気がついた。津坂は、後続のドイツ車を羽田空港近くにある京浜島《けいひんじま》に誘い込んだ。工業団地が連《つら》なっている。

ベンツが猛スピードで追ってくる。追突し、津坂の車を大破させる気なのだろう。みるみる車間が縮まる。

津坂はアクセルペダルを深く踏み込み、ＢＭＷをハーフスピンさせた。

タイヤが軋《きし》んだ。車は道路を塞ぐ形になった。

津坂はドアを押し開け、頭から路面に転がった。ベンツが眼前に迫っていた。津坂は起き上がりざまに、ブーメランを勢いよく投げた。

ブーメランはベンツのフロントガラスにぶち当たり、車道の端に落ちた。胡《フー》がハンドルを反射的に切る。

ドイツ車は傾きながら、大きな工場の外壁に激突した。

横転したベンツは、数分で炎に包まれた。屋根《ルーフ》が潰《つぶ》れ、郭《クオ》と胡《フー》は車内に閉じ込められたままだ。燃え盛る炎で、車道が明るく照らし出された。

津坂はブーメランを拾い上げ、急いでＢＭＷに乗り込んだ。車首をまっすぐにして、アクセルペダルを吹かす。

後方で爆発音が轟いた。二人の中国人は焼け死ぬだろう。

津坂はほくそ笑《え》み、さらに加速した。

本作品はフィクションであり、登場する人物および団体名は、実在するものといっさい関係ありません。

二〇一三年六月祥伝社文庫刊
再文庫化に際し、著者が大幅に加筆をしました。

実業之日本社文庫　最新刊

沖田円
喫茶とまり木で待ち合わせ
生き方に迷ったら、街の片隅の「喫茶とまり木」へ疲れた羽を休めに来て――。不器用な心を救う、ヒューマンドラマの名手・沖田円の渾身作、待望の文庫化!!
お114

倉阪鬼一郎
おもいで料理きく屋　なみだ飯
亡き大切な人との「おもいで料理」が評判の「きく屋」。ある日、職人の治平が料理を注文するため訪れる。その仔細を聞くと……。感涙必至、江戸人情物語！
く415

桜木紫乃
星々たち　新装版
いびつでもかなしくても、生きてゆく――。北の大地を彷徨う塚本千春と、彼女にかかわる人々の闇と光を炙り出す珠玉の九編。（解説／新井見枝香）
さ52

沢里裕二
極道刑事　凌辱の荒野
吉原のソープ嬢が攫われた。彼女は総理大臣の娘だった。一方、人気女性コメンテーターも姿を消した。事件の裏には悪徳政治団体の影が…。極道刑事が挑む！
さ321

斜線堂有紀
廃遊園地の殺人
失われた夢の国へようこそ。巨大すぎるクローズドサークルで起こる、連続殺人の謎を解け！　廃墟×本格ミステリ！　衝撃の全編リライト&文庫版あとがき収録。
し111

実業之日本社文庫　最新刊

武内 涼
源氏の白旗《しらはた》　落人《おちうど》たちの戦
源義朝、義仲、義経、静御前……源氏が初の武家政権を開く前夜、平家との激闘で繰り広げられる〈敗者〉としての人間ドラマを描く合戦絵巻。（解説・末國善己）
た121

知念実希人
猛毒のプリズン　天久鷹央の事件カルテ
計算機工学の天才、九頭龍零心朗が何者かに襲撃された。断絶された洋館で繰り広げられる殺人劇。容疑者は、まさかの……？　シリーズ10周年記念完全新作！

ち1210

中得一美
おやこしぐれ
諍いが原因で我が子を殺められた母親が、咎人である少年を養子として育てることに――その苦悩の日々を切々と描く、新鋭の書き下ろし人情時代小説。

な73

西村京太郎
十津川警部　特急「しまかぜ」で行く十五歳の伊勢神宮
七十年ぶりに伊勢に帰郷した大学講師の野々村には、終戦の年に起きた、誰にも言えなかった秘密が……。戦争の記憶が殺人を呼び起こす！（解説・山前 譲）
に131

南 英男
密告者　雇われ刑事
スクープ雑誌の記者が殺された事件で、隠れ捜査を依頼された津坂達也。日本中の不動産を買い漁る中国人富裕層を罠に嵌める裏ビジネスの動きを察知するが…。

み737

実業之日本社文庫　好評既刊

南 英男　夜の罠　捜査前線

殺したのは俺じゃない！――元マル暴で警視庁捜査一課警部補の有働力哉が目覚めると、隣には女の全裸死体が。殺人容疑者となった有働に罠を掛けた黒幕は⁉

み7 32

南 英男　策略者　捜査前線

おまえを殺った奴は、おれが必ず取っ捕まえる！　歌舞伎町スナック店長殺しの裏に謎の女が――？　亡き親友に誓う弔い捜査！　警察ハード・サスペンス！

み7 33

南 英男　警視庁潜行捜査班シャドー

殺人以外の違法捜査が黙認されている非合法の特殊チーム「シャドー」。監察官殺しの黒幕を突き止めるべくメンバーが始動するが……傑作警察サスペンス！

み7 34

南 英男　断罪犯　警視庁潜行捜査班シャドー

非合法捜査チーム「シャドー」の面々を嘲笑う〝断罪人〟からの謎の犯行声明！　美人検事殺害に続く標的は誰？　緊迫の傑作警察ハード・サスペンス長編‼

み7 35

南 英男　雇われ刑事

元警視庁捜査一課刑事で赤坂のバーのマスターを務める津坂は、警視庁監察の係長殺人事件の隠れ捜査を依頼されるが、怪しい悪徳警官には強固なアリバイが…。

み7 36

実業之日本社文庫　み 7 37

密告者《みっこくしゃ》 雇《やと》われ刑事《けいじ》

2024年10月15日　初版第１刷発行

著　者　南《みなみ》 英《ひで》男《お》

発行者　岩野裕一
発行所　株式会社実業之日本社
〒107-0062　東京都港区南青山6-6-22 emergence 2
電話 [編集]03(6809)0473 [販売]03(6809)0495
ホームページ　https://www.j-n.co.jp/
ＤＴＰ　株式会社千秋社
印刷所　大日本印刷株式会社
製本所　大日本印刷株式会社

フォーマットデザイン　鈴木正道（Suzuki Design）

ISBN978-4-408-55916-2（第二文芸）